当代中国文学书馆

藤蔓集

刘春晖 著

中国文联出版社

图书在版编目（CIP）数据

藤蔓集 / 刘春晖著. --北京：中国文联出版社，2017.8（2023.3 重印）

ISBN 978-7-5190-3018-6

Ⅰ.①藤… Ⅱ.①刘… Ⅲ.①散文集—中国—当代 Ⅳ.①I267

中国版本图书馆 CIP 数据核字（2017）第 211897 号

著　　者　刘春晖
责任编辑　李　民
责任校对　李佳莹
装帧设计　中联华文

出版发行　中国文联出版社有限公司
地　　址　北京市朝阳区农展馆南里 10 号　　邮编　100125
电　　话　010-85923025（发行部）　　85923091（总编室）
经　　销　全国新华书店等
印　　刷　三河市华东印刷有限公司

开　　本　880 毫米×1230 毫米　1/32
印　　张　7.25
字　　数　175 千字
版　　次　2023 年 3 月第 1 版第 2 次印刷
定　　价　68.00 元

自　序

幼时，屋后山林间大树参天，树底下藤蔓丛生。一些野藤竟沿着树干拼命地往上蹿。山野间，留下了在野藤上荡秋千的稚嫩笑声与天真无邪的童年记忆。只是到了 1958 年的“大炼钢铁”，伟岸般的大树倒下了，缠绕其间的藤蔓也不见了。

前年夏天游览广西贺州姑婆山，忽见满山树木葱茏，大大小小的藤蔓，有的缠着树干攀爬而上，有的沿着陡峭的石壁疯狂生长，有的竟倚靠其他植物越过清澈的山涧溪流向着对面山爬去。到此清凉境，真让人禁不住捧一掬清泉而酣畅淋漓，真想脱去鞋袜泡在这充满灵气的清水中，感受大自然跳动的脉搏。

去年去了一趟柬埔寨，随处可见的藤蔓更是震慑魂魄。碗口粗的藤蔓不知怎样爬上几十米高的树上，有的相互缠绕，有的竟把树木箍死了，还有的顽强地从吴哥寺的石缝中冒了出来。看到这些，你或许会联想到藤蔓是一种极其普遍生长而生命力顽强的植物。又突然想起《诗经 · 郑风》中有“野有蔓草”句，故为这本散文集取名《藤蔓集》。

自忖凡夫俗子，沧海一粟。这些无病呻吟或有感而发的东西，也是野地里的蔓草，虽然它非“零露溥兮”，也非“零露瀼瀼”，但也是一株沾满露水的小草。

故不敢劳驾他人为之作序，今只是写个开场白而已。

忝为序！

丁酉春于深圳

目 录

第一章 滂沛寸心

第二章 沐恩难尽

第三章　窗灯忆旧

第四章 人生在旅

第一章　滂沛寸心

故乡的小溪

故乡的村子前面有一条弯弯曲曲的小溪。

许是太平凡了吧，不然的话，为什么乡亲父老从来没给它安个名字呢?

这条清清的小溪天真烂漫地从条条山涧奔泻出来，汇集成淙淙的溪流，把欢乐送向远方。

曾记得小时候我常常躺在妈妈的怀抱里，仰望着神秘的苍穹，数着闪闪的星儿，倾听着欢快的溪流和阵阵林涛，还有妈妈那轻柔、低沉的催眠小调，不知不觉地就进入了梦乡。

小溪旁的夜晚是多么值得回忆和令人陶醉啊!

打我记事起，每天天蒙蒙亮时，妈妈就起床了，冒着山区特多特浓的晨雾，拎起我们头日换下的衣衫，悄悄地向小溪走去。不多时，那淘米洗菜的、挑水的、洗衣服的大婶大嫂姑娘们，陆续来到溪边。小溪欢笑了，沸腾了。

追溯孩提时代的往事，那样遥远，又那么有趣。一些人和事如过眼烟云，唯有那青山的倩影、小溪的秀姿深深铭刻在我心里。

可是，谁又能料想到世事嬗变，命运多舛。前些年我回到阔别多年的故乡时，那欢快的溪流不见了，那动听的林涛消失了，只见各处的墙垣上，刷着“农业学大寨”的标语。近处的山坡和远处的高岗上，偶尔残存着一两株枫树，显得孤单、失调；充塞整个溪床的，竟是漫漫的黄沙和磊磊的顽石。那尚存的一涓细流，

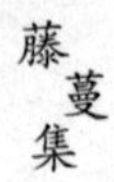

在乱石缝隙间喘息着，发出低沉的悲咽。

我在伤感中咀嚼着童年金色的梦。

我在冷静中思寻着昨天悲剧的根。

然而，“事实的教训，总比理论宣传有力”。人们终于从梦魇中清醒了过来。前些日子，我出差路过故乡，重新感受到了家乡又充满了生机。远远近近的责任山，终于分到了农家人手里。当我走到溪东头的苗圃，望着那些密密匝匝的绿色小生命时，心中的阴影顿时荡然而去，新的希望渐渐地升腾起来。

我看到，故乡人正在用彩笔抹去那疯狂年代的残痕，给大地母亲披红戴绿。

那两天，乡亲们兴致勃勃地向我讲述了党的十一届三中全会以后的巨大变化，无限地感激党的新政策给故乡的山、故乡的水起死回生。末了，乡亲们要我给村前那条无名小溪取个名字。

临别的那天晚上，我梦见村子上空飞来一只金凤凰，她抖翅降下喜雨，撒下绿苗。刹那间，山泛青，水变绿……

啊！金凤凰，吉祥之鸟。我知道，你从北京飞来，你不仅飞到我们这个山村，你也飞到大江南北，神州处处。

于是，我思忖着：是不是建议把村前那条小溪取名为金凤溪呢？！

（刊于 1984 年 11 月 25 日《桂林日报》副刊）

故乡的布马舞

我的故乡在粤东一个古称“九峻洞里村”的地方，那里世代相袭、流行着一项妇孺皆知的传统活动——布马舞。

村子现有人口三千余人，为客家山村，男丁全姓刘。但我们从村子里有“谢屋塘”“竹斜李”“背头畲”等这些古老的地名中，可以肯定原先村子也是杂姓而居的。只是后来不知因何缘故，谢、李、畲三姓竟无法在这方水土上繁衍生息下来。

在漫漫的历史长河中，来自中原、北方的先祖们，历经了多次南迁，颠沛流离，“断肠烟柳一丝丝”，最终只得他乡即故乡。刘氏 136 世祖广传公留有符节：“骏马骑行各出疆，任从随地立纲常。年深外境皆吾境，日久他乡即故乡。”可见一斑。

我们的先祖在不断容纳当地文化的过程中，始终保持、沿袭着中原文化的根与脉，并使之在“他乡”繁衍生息，代代相传。而作为北地的骏马，对崇尚开疆辟土、崇拜英雄的客家先人来说，无疑是一个图腾的符号。

于是，布马舞出现了。

所谓布马，即用竹片做成竹马的形状，周边围上布料，再配上鼓乐。布马舞的出现，表达了刘氏先人对祖居地的一种精神寄托，也是对北地骏马的一种膜拜，更是对先祖、对中原文化的一种追思与怀念。

据族谱记载，先祖自明洪武、永乐年间在村子开基，而后繁

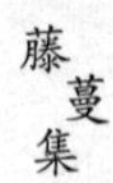

衍至整个九峻。旧时山村，交通闭塞，尽管那时已有窑瓷作坊，但生产力极为低下。一遇冬日，长夜漫漫；或遇雨天，窑里不能开工。人们在百无聊赖之际，便承袭着祖辈们的节拍，歌之，舞之，跳起了布马舞。慢慢地，布马舞便成为村子里喜庆佳节的必不可少的内容，并因此而闻名遐迩。

起初，村里布马舞只有七骑，取材于北宋末年《泥马渡康王》的传说，后来发展到九骑。相传是南宋文天祥高中状元，皇上为状元赐了簪花，并赐其与榜眼、探花、进士各携夫人游街庆贺，故名“状元游街”。状元的小弟被这喜庆气氛打动，也加入了游街的行列（俗称“捡马屎”）。清雍正十一年（1733），今本县饶洋镇石井刘氏庆阳楼刘大力科中武状元，先祖念其为同宗同姓，引以为荣，遂将布马舞增加了武状元及夫人，变成了今天的十一骑。

村子的布马舞，独树一帜。其章节有欢快入场、轻步小跳、交错穿行、勇闯四门等，它们都隐含着深深的含义。布马舞的乐曲，更是惊天地、泣鬼神，其中也融入了潮州乐曲。《将军令》和《小凉州》把将士们带到了血流成河的古战场，表现了客家先人们在不断迁徙的过程中，面对着多舛的命运、跋涉的旅途以及未知的前程，回望北地，硝烟弥漫，踟蹰南行，一步三回头；《风入松》则表现了刘氏男儿校场练兵、英勇杀敌、收复边关的家国情怀……

时光流转，沧海桑田。布马舞也随着历史的风云际会，浮浮沉沉，时盛时衰。它积淀于历史长河中，宋时已基本成型，明时迅速发展，清末至民国初年兴盛一时。“文革”之前，布马舞仍成为四乡八里仰慕的品牌。“文革”期间，布马舞几乎偃旗息鼓。直至近些年，在一些有远见卓识者的支持、重视下，这项在村子里沿袭了世世代代的传统活动，才重新绽放出绚烂的光彩。

然而，作为布马舞的发祥地，这个项目前些年却被其他乡申请为非物质文化遗产，并注册成功。尽管他乡坦承布马舞来源于此，可先来后到的程序，不免让村里人平添了许多遗憾与惆怅。

（此文参考了九村中心小学刘春苗老师所提供资料，并综合乡贤刘明确先生提出的宝贵意见）

（2013 年 5 月 13 日写于故乡）

故乡的“庙会”

每年正月初五，我们村子都会举行祭祀王爷宫的活动。

天刚蒙蒙亮，村里的喇叭就叫响了。各家各户忙着准备上供的祭品，舞马队的队员们则匆匆赶往村委会开始化装，拟为祭祀活动举行表演。

据明万历二年《刘氏族谱》记载：“溯我刘氏，始自陶唐伊耆氏生第九子”，后“移山东，徙江南，建西蜀，迁河南，奔福建，物换星移，又几度春秋”。我们村子的始祖文甫公，族谱记载说于明万历年间从梅州大埔县松柏坑移脉至“九峻洞里村”（今九村洞上村），后繁衍至整个周边九村，至今已传二十几代，其中一脉传至台湾。

客家人是一个来自北方、来自中原并不断迁徙的族群，“年深外境皆吾境”。正因为如此，客家人的传统根脉、文化传承、生活习惯以及民俗风情等，融会了南北文化的精华，形成了独特的文化现象。骏马开疆，他乡故乡，祖训怀胸，立地纲常等这些因素，无不浸润着客

家文化的内涵，使之枝繁叶茂。

七点钟刚过，迫不及待的年轻人，早早来到村子前面的王爷宫一侧，燃放着一枚又一枚的冲天炮。于是，人们陆陆续续地从各自家里，挑着担子、扛着桌子前往王爷宫的广场。有些人家为了抢占一个较为理想的位置，早早地赶来择位，说是以图吉利。

接着，村子舞马队举行了助兴表演。这个有着几百年历史的传统项目，近年来已成为村子闻名遐迩的文化品牌。

整个祭祀活动热闹非凡，并有一套程序。燃放鞭炮后，各家各户摆上三牲，供奉祭品，烧香许愿。而全部活动的目的只有一个，那就是祈盼平安，祈求幸福，庇佑子孙。

王爷宫前，几根巨大的蜡烛烟烧火燎，红珠如雨纷纷滴落。广场上，虔诚的村民们，人人神情肃穆，个个顶礼膜拜。

刹那间，我仿佛看到早春的脚步，正随着袅袅升腾的烟雾，向我们慢慢走来，慢慢走来……

（2014 年 2 月 9 日写于故乡）

乡里乡事

又一个“二月初惊见草芽”的时节，又一次回到了魂牵梦绕的故乡。

许是离家的时间太久了，许是离家时自己过于少小了，每每总会遇到“笑问客从何处来”的尴尬。

祖上传给我们刘氏子孙“开疆辟土，立地纲常”的符节，几乎妇孺皆知。它记载着刘氏一脉薪火相传、生生不息的历史，同时也诠释着来自北方先人的精神世界。历史的滚滚烟尘，已经让我们不敢妄论公元前221年秦始皇统一中国后，派兵60万“南征百越”，而后再派50万兵丁“南戍五岭”的这两批南下秦兵，就是我们客家人的开山鼻祖。留存在我们记忆里，或者让大家街谈巷议的，更多的是发生在昨天和今天的乡里乡事。

曾在1927年至1937年的土地革命战争时期，中国共产党在赣南和闽西建立了根据地。我们县地处闽粤交界，到处崇山峻岭，自然成为革命老区。直到前些年，我们县也跻身“中央苏区县”的行列。就在距离我们村子仅两公里之外的一个小山村，便是当年苏区的一处根据地。而颇具戏剧性的是，我们村子却是国民党“白匪军”的一个重要据点。听族叔介绍说，当时“匪军”一个正规连就驻扎在我们如今居住的土楼内，连长夫人还随军呢。所以有人戏谑说，我们村子可谓万花丛中一点“白”啊。

渐渐地，与村里的人逐渐混熟了，村里的事情也听得多了。

方知村子的历史、每个家庭的故事，是那样地有棱有角，那样地具体可感，那样地充满人间烟火味。那些久远的、过去的、现在的乡里乡事，常常会随着那飘扬的柳絮，随着那凋零的落叶，冷不丁地在你的面前展现开来。

村东头某叔公，长期虐待自家老人，弄得其家族常常白发人送黑发人，村里人无不在背后指指戳戳，说是遭到报应；村西头某阿婆，广行善举，广积阴骘，一生善终，它告诫着众人：种德者终有福。这边，有兄弟间为一块砖头或皮毛小事而大打出手的，喻示着家门的不幸；那头，也有四世同堂、家人和睦、其乐融融的，美德被广为传颂。还有，解放初期因有老人反对女儿嫁给同村同姓、导致女儿自杀而被判刑的；也有人民公社化集体劳动时、一次死亡三人四命的；更有，“谁家的孩子不像爸、男人偷情窗口爬”诸如此类的荤事、糗事……这些林林总总的乡里乡事，有时像水墨画，有时像国画，涂抹着村里的历史，描绘着色彩缤纷的人生百态。

同样，历史的纷纷扰扰，时代的风风雨雨，也无一例外地在这大山深处鸿爪雪泥。解放初期打土豪、分田地的喜悦，人民公社化时饿死人的惨况，“文革”时期乱糟糟的场景，以及改革开放后带来的无限生机，都会以赤橙黄绿青蓝紫的不同色调，折射出村子里光怪陆离的现实，记录着村子里所发生种种标志性的事件。

土改划成分时，村子里有好几户人家被划成地主。曾听一位解放初期任过村干部的老叔说，其实我们村里的这些地主，都是要自己下地劳作的，只不过日子过得比别人好些就是。而地主这顶沉甸甸的帽子，几十年来带给他们每个人、每个家庭以至于他们的子女，却是一种何等的灾难啊。

村尾有一户地主人家，从辈分上说与我平辈。国民党政权在

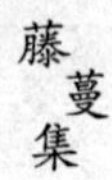

大陆即将垮台的前夕，他随着在河北省当厅长的舅舅逃离大陆。当时，他身边的夫人带着三个小孩，而手头仅有一张飞往台湾的机票。在飞机的轰鸣声中，其夫人毅然决然地把他推上了飞机。而她，抹着泪水、一步三回头地望着飞机凌空而去，自己带着三个小孩、背着“地主婆”的身份，回到了故乡。那年，她只有27岁。土改时，她的家公以及丈夫的兄弟，忍受不了批斗而自杀身亡。几十年来，她忍辱偷生，含辛茹苦，以常人难以想象的坚韧毅力，把三个小孩抚养成人。几十年来风吹雨打，她始终不渝地坚守着对婚姻的神圣承诺。当韶华逝尽、满头秋霜时，她等到的却是丈夫在台湾又有了家庭的残酷事实。

历史有时真的很会开玩笑。自从大陆与台湾打破了“盈盈一水间，脉脉不得语”的局面后，那位随着高官舅舅跑到台湾的“地主崽”，前些年却衣锦还乡了。本是同祖同宗，本是乡里乡亲，他不计前嫌，放下恩怨，设宴款待当年参与批斗他父兄的两位农会干部，其中竟有一位受邀而去，今也成为人们私下里的谈资。

村前的小溪，依然在汩汩流淌。有信的东风，终究耐不住寂寞，让摇曳的柳枝渐渐地沉重起来。还有那报春的燕儿，双双呢喃着，一会儿飞快地掠水而过，一会儿衔着初融的泥土，翻越谁家的短墙筑巢去了。

扑朔迷离的乡里乡事啊！谁解其中味……

（2014年3月22日写于故乡）

水碓声声

黯乡魂，乡思苦。故乡的水碓声无时无刻不在我耳边萦绕。在我粤东山区的故乡，山连山，岭接岭。然而，就在那山旮旯的腹地，蕴藏着白花花的瓷土。所以从祖上传下来，我们那里就有了瓷业。

在我很小的时候就已经懂得，瓷土从深山挖出来后，先要用水碓舂细、舂熟，而后再将舂好的瓷土化浆，待浆沉淀成糊状、干湿适度后，即成做瓷的原料了。

去年秋，我回到了阔别多年的故乡，当我赶到村东头的水碓房时，现实的景况不禁让我大吃一惊：水碓房已经完全坍塌，所有木质的结构荡然无存，破碎的瓦砾散落一地，水碓房四周荆棘遍地，杂草丛生，连笨重的石臼也不见踪影……

暮霭沉沉，山岚弥漫。我的内心无比沉重，只好踌躇着往家走。家里人告诉我，那些水碓房早已荒废了。

山乡的夜，来得特别快。几颗星星露脸没多久，整个天穹似乎被硕大的幕布包住了。夜很深，很静，除了隐隐约约的松涛和偶尔传来的几声犬吠，一切都寂寥极了。久居闹市，过惯了喧嚣环境，如今突然一静下来反倒不适应了，加上酽酽的浓茶作用，那铿锵悦耳的水碓声似乎总在我脑海里回荡，一下就把我的思绪拉得很远、很长。

听长辈们说，在我爷爷的爷爷以前，我们村子就有瓷业了。

虽然那时做瓷的工艺不算精细，但我们这里生产的瓷器却闻名遐迩，甚至远销南洋。20世纪40年代，我父亲经营了一座烧瓷的窑，瓷业成了我们家的主业。窑市好时，我父亲跑汕头，下潮州，好不风光。可临近中华人民共和国成立的前几年，我们家做瓷做砸了，败得一塌糊涂，败得一贫如洗。不过，世上有些事竟也说不清楚，由于命运的折腾摆弄，却使我们家“贫农”的家庭成分印上了红色的标记。倘若我们家的陶瓷生意顺风顺水，我们兄弟姐妹在那样的年代里，将会面临一种怎样的命运呢？

在我孩提的记忆中，大凡水碓都建在山边和溪流边。建在山边的，先要把山涧的流水集中引流到沟渠，使水位形成落差后，才架碓建房。所谓水碓房，实际是四周通透、在四根石柱上架梁置瓦，山里人把它称为碓寮；建在溪流边的，则要先弄好拦河坝，再从岸边引流。当然，同样也要使水流形成落差。

许是年幼的缘故，小时候总觉得水车的转轮特别特别的大。水碓工作时，要等水轮的水槽灌满水后，水轮就转动了，而后由水轮带动着水碓，再通过水碓舂击瓷土，如此来回循环，周而复始。水轮为木质结构，水碓也由一根长木做成，只是一头套上沉沉的石头，以增加水碓的重量，使其舂击瓷土时发出铿锵的声响。

那时生活在乡下，的确是“少年不知愁滋味”。刚刚翻身的农民无不憧憬着幸福的未来，新社会的各种新风尚，也如春风般徐徐吹拂着。再说那时的山村，山是碧绿碧绿的，天是湛蓝湛蓝的。山林没受到任何破坏，环境也丝毫没有污染。

那是一段多么令人心旷神怡的岁月啊！

每当大人们去做农活的时候，我总在碓寮里寻找着无穷的乐趣。有时，我会趴在粉白色的地上，专心致志地看着水轮不紧不慢地转动，数着水碓一上一下、一起一落地舂着瓷土，感觉到它似乎有着几分神奇。因为在水碓的一起一落中，白色的瓷土会慢慢地自动翻转，如此反反复复，昼夜不息……

有时，我会轻轻地闭上眼睛，听着水车咿呀作响的转动声和水碓极有规律的舂土声。它是那样悠扬，那样悦耳，那样富有感染力，常常使人不知不觉地进入梦乡。

有时，我也会在碓寮四周尽情地玩耍。看小鱼小虾悠闲地在沟渠里游荡，看山花在春日的阳光下怒放，看各色各样的野果随着不同的时序缀满枝头。尤其令人难忘的是，山上有一种叫作“桃秀娘”的野果，一到农历七八月，熟得通身赭红赭红的，看了直让人流口水。所以，我与其他的小朋友们经常吃得满嘴通红，个个活像馋猫似的。

难忘的童趣啊！真让人一辈子咀嚼、回味。

据祖上说，我们客家人是从北方迁徙而来，从中原漂泊而来。客家人不仅以勤劳勇敢著称，客家山歌也是名扬四海。在大山深处，在高冈山梁，在荒村古道，常有悠扬、高亢的客家山歌飘来，引人驻足，让人遐想。

一根扁担长又长，
为着生活日夜忙。
十八妹子想阿哥，
唔（不）知阿哥在何方?

一天，一阵天籁般的歌声划破云霄，从山梁上直泻而下。夕阳的余晖，直把姑娘窈窕的身影，勾勒得如同天仙般的扎眼。

这时，在碓寮做工的后生小伙子被这动听、凄婉的歌声陶醉了。姑娘见小伙子一时没有动静，便起身要走。突然，小伙子亮起了嗓门：

对面阿妹你莫慌，
阿哥就在水碓旁。
回家问得双亲去，
再迎阿妹入洞房。

那时自己还小，未晓儿女情长事，只知道家乡的山歌很好听，只知道家乡的男女老幼都爱唱。尤其是那些青年男女，竟然唱得如醉如痴，有些唱着唱着就双双跑入了山林间。

然而可惜的是，客家人的山歌没能唱多久，欢乐轻松的日子很快就结束了。后来，村子组织力量修了一条水渠，人们在水渠的下方修建了不少水碓房。水车依然转动，水碓依然作响，但人们却从它那咿咿呀呀的转动中，听到了水碓深沉的呜咽和痛苦的悲鸣。

再后来，集体解散了，生产队的瓷厂偃旗息鼓了……到了前些年，村东头突然修起了一个小小的水力发电厂。从此，流经村后的一泓清流被截走了，大片良田因得不到灌溉而抛荒了，村子里原来几口水汪汪的鱼塘也干涸了。终于有一天，所有水渠下面的水碓都停止了转动，那千百年来响彻我们山村的水碓声，从此就这样消失了……

“未老莫还乡，还乡需断肠。”推开窗户，望着夜色笼罩的苍穹，不禁啸叹，更是惆怅。

永别了！故乡的水碓声。

（2006 年岁末于深圳）

永远闪烁的故乡年灯哟

在我粤东故乡，打从除夕夜起至正月廿，家家户户都会在自家门前的屋檐下点燃年灯，即使白昼也不熄灭。听老人说，千百年来都是如此。

我们客家人的习俗，除夕夜的团圆饭吃得特别早。当蛇年的最后一抹斜阳还依依不舍地恋着西山头的树梢时，村子里的舞马队就上门拜年了。入夜，绚烂的礼花伴着“嘶嘶”响声，在山村的夜空里尽情地绽放着。一年到头劳作的人们，从此刻开始终于有个把月的悠闲时光了。于是，大家走门串户，喝茶聊天，相送红包……

今年春节我注意到，家家户户的年灯越发豪华了。清一色、硕大无比的大红灯笼，高悬在各自家门口。随着夜色渐浓，万家灯火与天上的星星交相辉映，使得山村的夜晚竟如城市般亮堂、绚烂。

望着深邃的苍穹，再看看眼前万家闪烁的大红灯笼，一下子把我的思绪拉回了 1991 年的春节前夕。

那年自己年届不惑，又身处外省。许是长年羁旅在外，真有那种流落天涯的悲怆之感。再想想自己出门在外二十几年，由于种种的原因很少回家与老母亲一起过年。随着年关脚步声的临近，自己的内心越发不安起来。情不自禁地，我想起了故乡的年灯……

因为我心里清楚，故乡的年灯联结着我母亲的凄苦命运。

几十年来，母亲年年点亮年灯，总是祈盼在她有生之年能有外公外婆他们的消息。可灯亮灯灭了几十载，她只有深深的失望。几十年来，她始终没有忘记别离了六十多年的父母、兄弟；几十年来，她苦苦等待的，就是有朝一日自己的亲人能突然出现在眼前。

然而，她只能年年对着年灯垂泪。随着岁月的无情消逝，年已古稀的老人不敢再有什么奢望了。而门前那盏年灯，却成了老人心中永远的痛……

一想到这些，我的内心格外沉重，真有种信笔涂鸦的冲动。但面对着白花花的稿纸，却不知从何处着笔，因为泪已潸潸。突然间我想到了故乡的年灯，于是一口气写了散文——《故乡的年灯》，投书《广西侨报》，终于了却了自己那腔浓浓的乡愁。

（癸巳春节写于故乡）

故乡的年灯

乡思苦，旅魂孤。令我魂牵梦绕的莫过于故乡的年灯了。我的家乡地处粤东山区，每年春节都有悬挂年灯的习俗。一

到除夕夜，家家户户都在自家门前挂起多姿多彩的年灯。雅秀的灯笼、平平常常的马灯以及滋滋作响的汽灯竞相辉映。自从山乡办起小水电站后，圆圆的电灯泡也在鳞次栉比的屋檐下灼灼其华。沿着山势走向而建造的土楼山寨，使年灯构成或圆形或椭圆形或一字形的图案，犹如天上银河洒落人间。听祖上人说，过年张灯是为了驱邪避恶，祈求吉利，怪不得这种古老的习俗年年如此，代代相袭。

少年不知愁滋味，过年当然是快乐无比的。一个除夕夜，我猛然发现母亲凝神地望着年灯，眼睛里噙着泪水，抖颤的双手连续划了几根火柴才把年灯点着。此情此景令我凄然。因为我知道，母亲是在思念远方的骨肉亲人。人家欢喜团圆日，正是家母断肠时。

还在孩提的时候，母亲就向我诉说了她苦难的身世。我的外婆出生在潮

汕平原一个叫作钱东的小镇上，由于家境清贫，先是外祖父携其兄弟闯荡南洋，两年后他又返回故里带着我外婆和舅舅出番去了，留下了母亲姐妹俩。那年家母只有十岁。她不了解自己的父母究竟是苦于盘缠，还是在外难以谋生，单单撇下了这两棵孤苦无依的小苗。但外祖父那无可奈何的神情、外祖母那怆然涕下的情景，无时无刻不在撞击着母亲的心灵。

亲人远去了,骨肉分离了,这不是人世间最悲最惨的生别离吗?

母亲的童年就是在骨肉分离的痛苦中、在寄人篱下的悲怆中度过的。

外祖父他们过番后，母亲就到县城一个大户人家当佣人。她用辛酸的泪水，打发着难熬的岁月；她以无限的深情，思念着离去的亲人。然而亲人在何方？母亲只知道那是一个很远很远的国家：暹罗。

两棵苦命的小苗在风中、在雨里挣扎着，生长着。姐妹俩相依为命，相互寄托。可命运竟是那样地无情，如此地残酷。一场灾难夺去了我姨妈年轻的生命，家母成了天底下的凄凉人。多少刻骨铭心的思念，多少牵肠挂肚的苦愁。可是，飞云过尽，归鸿无信。

有爹有娘珍珠宝，离爹离娘路边草。旧时，姑娘家若到了二十岁还找不到婆家，无疑会被视为不光彩。可家母守闺到二十七八岁才远嫁百里之外的客地山区。一个孤苦伶仃的弱女子，终身有个寄托，算是苍天的怜悯和照顾了。在以后的岁月里，家庭的温暖，孩子们的欢乐，也熨帖着母亲苦涩的心田。

但亲人在外，思绪难禁。她向苍天祈祷，祝福亲人在外平安；她对年灯寄情，表达无限的相思。抗战胜利后，听说外祖父从泰国的首都寄了信，汇了款到钱东亲戚家。家母欣喜若狂，然而紧接着便是深深的失望。因为钱东的亲戚说，海外来信没有留下通信地址。是海外亲戚生怕招惹莫须有的麻烦，还是别的缘故，至今都是未解之谜。大陆解放以后，海外那边也就杳无音信了。

在相当长的一段时间里，尽管人们不敢去张扬和寻找海外关系，但那“剪不断，理还乱”的离愁，那“才下眉头，却上心头”的相思，无时无刻不在袭扰着母亲那颗日渐破碎的心。月亮圆了，她彷徨惆怅；年灯亮了，她黯然神伤。可怜“天上人间，没个人堪寄”。

潮水有涨有落，万里云帆不见回；年灯有亮有熄，海外亲人仍未归。半个多世纪的风雨，六十余载的离恨，伴随着母亲进入了古稀之年。她已无力攀梯去悬挂年灯，也不止一次仰天啸叹：罢了，罢了。

这些年，很多海外游子回乡寻根的消息和骨肉团圆的喜讯，不时传入我那闭塞而开放的山村，家母那颗枯萎的心陡然活跃了起来。她说，她只想知道亲人们的下落，死后去寻找他们。我被这种真诚感动了，也被如此的执着震动了。

有一回听家人来信说，泰国有人回乡探亲，家母获悉后便即刻赶去会面。可人去室空，依然得不到亲人的下落。母亲只从外家亲戚那里得到双亲故去的消息，得到了兄弟们在外的情况，不禁平添了几分悲哀和伤感。

情悠悠，恨悠悠，思念几时休？扑朔迷离的年灯啊，你可谙人世间有多少离别恨，又有多少相思魂。

这些年因工作关系，我接触了不少泰国朋友，他们同情我母亲苦难的命运，也答应回国后帮忙寻找，以满足这位风烛残年的老人的最后心愿。这些，在我母亲今生今世不平静的生命之湖中，又泛起了晚霞般的涟漪，燃起了但愿是婵娟的希冀。

如今，恰逢新春佳节，故乡的年灯依然高悬，岁岁闪烁。

啊！令我难以忘怀的故乡年灯。

故乡的家

深圳离粤东故乡也就几百里地，可自己常有“蝴蝶梦中家万里”之感。这或许是游子心态所致。

甲午岁末的一天下午，当我推开不用上锁的家门时，看着空荡荡的房子，想着母亲逝去不到经年，望着墙上悬挂的父母以及祖上遗像，心中凄然。

“一朝离此地，四海遂为家。”想自己几十年来奔波在外，关山遥遥，天路茫茫，加上工作牵绊甚少回家。故乡的一山一水，亲人们的音容笑貌，世事的冷冷暖暖，只能一次又一次地在梦中萦绕。有时一觉醒来发现泪已涟涟，方知昨夜“不知秋思落谁家”？

事实上，打从呱呱落地开始，父母付出的无限心血，兄弟姊妹们的相濡以沫，以至于由于生活困顿而“牺牲”女性、“托举”男儿的客家传统，等等。这一切并没有因岁月的流逝而渐行渐远，它竟是那样清晰、那样具体、那样亲切地流淌在自己的血液里，留存在自己的脑海中，从而凝聚成浓浓的亲情，让你一辈子也抹不掉，更是忘不掉。

有时在万籁俱寂的深夜，自己会不经意地想起，假如你在外娶妻育子，彼此间生活习惯不同，语言交流各异。天长日久，或许是“日久他乡即故乡”的结局。那老槐树根的走向，那村子里袅袅的炊烟，那门前小溪的一泓清流，对于那些根虽发于故土、却没在这块土地上生活的人来说，有何情感联系？有何精神寄托？因为，他们所欠缺的恰恰是这些具体、可感的往事，相濡以沫的经历，甚至是生死与共的磨难。“亲不亲，故乡人。美不美，家乡水。”或许就是如此。

羊年春节前几天，天气格外赏脸。早春的太阳，暖融融地照耀着故乡的远山近岫。屋后山岭上，林木依然葱茏。湛蓝湛蓝的天空，让久居城里的人感到特别的清爽与惬意。只是那一大片荒废的田地以及门前那条呻吟着的小溪流水，让人感到深深的忧伤与莫名的惆怅。

有时细想起来，一个家庭就像一棵树。父母就是树的主干，儿女就是这棵树上结出来的一颗颗果实。所以说，人的一生中能结为兄弟姊妹的，是抹不掉的骨肉亲情，是千年修来的生死缘分，是上苍赐予的福分。

在家的这些天，每天我都会到母亲住过的房间里走走，看看。伫立着，沉思着。无疑，内心总觉得空落落的。因为父母亲都走了，这棵大树浴火重生了。在阳光雨露与时空的催化下，大树的枝枝杈杈也就独自成了主干了。薪火相传，一代又一代。每一脉人，每一个家族，每一个家庭，莫不如此。

不知怎的，我依稀觉得故乡似乎变得越来越遥远了。一是父母走后，兄弟姊妹都独立长成了大树。二是外甥、子侄们都在深圳谋生，渐渐地他们也都成了城里人。三是随着时间的流逝，不可抗拒地自己也将步履蹒跚了。那么，你还能年复一年回去吗？

想到这里，此次回乡有着一种说不清道不明的伤感，难道是对故乡的一种告别？但不管怎样，在回乡的日子里，我都会去走访宗亲，看望老人。都会去邻居串门，走村访友……

也许真的到了那一天，当岁月把两鬓染成秋霜时，你或许有“未老莫还乡，还乡须断肠”的惆怅，你或许有“近乡情更怯，不敢问来人”的酸楚，你或许有碰到“笑问客从何处来”的尴尬。

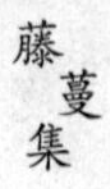

或许，已经没有或许了。可以肯定的是，你将慢慢成为一个异乡人了。

其实，人是非常现实的动物。只要故乡亲人在，只要自己腿脚还灵便，抽空回故乡的老家看看，走走，体验乡情，体会亲情，也是人之常情，更是一种还恩。

因为故乡对于我，它的确是一种与生俱来的情结，的确就是一个人一辈子也无法消弭的烙印。

况且深圳距离故乡，只有三个小时的高铁车程。我坚信，待到杏梢红、春水绿时，游子将归来兮。

我亲爱的故乡！

悠远的教堂钟声

故乡老家屋后土坡上，有一座两层楼高的天主教堂。加上它那高耸的十字架，使得这座地处高台的教堂显得突兀、巍峨。1958 年以前，教堂靠山的一侧长满了几个人合抱都抱不过来的参天大树。清幽的环境，悦耳的啁啾，雨后长满蘑菇的林间，这些给乡野的孩子们增添了无穷的乐趣。但令我最为难忘的，莫过于教堂里传出的那震撼心扉的钟声了。

至于村子里何时出现教堂，老人们说也无从记起。根据天主教从明末传入我国以及 1860 年汕头开埠的历史来看，村子里教堂的出现估计应该是在汕头开埠以后的事情。20 世纪 40 年代，我母亲就是通过教会神父的介绍，从潮汕平原嫁到粤东客地山区的。可见，我们村子这座地处深山老林的天主教堂，在悠远岁月里并未由于地处僻壤而寂寂山野。

有点令人不解的是，在铁箍般的佛教氛围中，偏偏村东头这拨人信仰这个从域外传来的洋教。解放初期，依稀记得那时每到做“礼拜”，父母都会带着我们去教堂。他们神情专注地念着《圣经》，聚精会神地唱着颂歌，虔诚地听着神父讲课。每有县里来神父，简直就像过重大节日。神父给我们每个孩子都会起个圣名，诸如“约瑟、玛利亚”之类的。那时，我们根本不懂《圣经》，不懂耶稣，也不懂上帝。但家族是“吃教”的，却早早植根在年幼的心田里。

大凡佛教人家，每当过年过节或遇事祭拜祖先，都要摆三牲、放鞭炮和烧香磕头；而我等“吃教”人家，无须三牲祭祀，也从不烧香拜佛。一本《圣经》，一碗“圣水”，一支白蜡，足矣。那时觉得，似乎我们“吃教”的更简便些，更文明些。

然而，这种光景没过几年。教堂被关门了，教会的所有活动被禁止了。从此，那悠悠的钟声再也不在乡野的上空回荡了。开始时，父母每餐吃饭前，依然要求我们在家里偷偷地做着宗教礼仪。

时光流转，冬去春来。当燕子呢喃着带来了春天的气息，人们才突然发现，大环境变化了，政治氛围宽松了，高音喇叭里破天荒地宣传起党的宗教政策了。终于，那些长期以来被压抑得不敢言语的教友们，萌发了重修教堂的想法。于是在大家的努力下，两层主体建筑、外加一层平房的教堂落成了。

打那后，教会的活动恢复了，教友们的脸上也溢满光彩了。沉寂多年之后，教堂的钟声又在村子东头的上空悠悠作响了。每到礼拜，教友们自然而然地会集于此，大家在一起念诵圣经，唱赞美歌。每当教友家里有白喜事，所有“吃教”的家庭几乎全力相帮。即使你远在外地，每个家庭都会派代表前往帮忙，已然成俗。

其实，从心里上说，虽然出生在一个“吃教”的家庭里，但由于所接受的教育与成长的环境，自己更多地是把宗教当成一种社会现象，当成一种文化去对待。

直到有一天，当我徜徉在天主教“帝都”的时候，我的心灵才被深深震撼了。

那一年游览欧洲，我专门选择了一条游览梵蒂冈的线路。那天抵达时，我看到整个广场密密麻麻地站满了“朝圣”的人群。人们小声地说着话，个个庄严肃穆。因为这座修建于公元3世纪、金碧辉煌的大教堂，这个比我们家乡地盘还小的弹丸之地，竟然是全世界12亿天主教徒的神圣之地。梵蒂冈如此蕞尔，却是一个“世界级”的国家呀！

当你仰望着那令人惊叹的罗马式的圆顶穹隆，当你欣赏着布拉曼特、米开朗基罗、德拉·波尔塔以及卡洛·马泰尔等惊世大师们的经典杰作，当你细数着圣伯多禄广场上排成四行的284根赋予永恒生命的塔斯干柱式柱子，再看看那刺破青天的方尖碑，以及摩肩接踵的人流时，你或许真实地感受到了上帝的存在，你或许真切地体会到了什么叫宗教，什么叫信仰以及它们中蕴含的力量。

离开教堂了，离开广场了，我频频回头。我看到身着几百年前服装的瑞士卫兵，始终敬职敬责地守在自己的岗位上。我看到那尊直插云天的方尖碑，似乎一直向世人诉说着教会创立者彼得死亡的不幸。我更看到那石柱的梁上耸立的142个圣男圣女雕像，好像就是我父母毕生顶礼膜拜的形象，就是扎根于他们灵魂深处的上帝。

父母恩德，当衔环结草以报。父亲早早地离去了，而我却无知、不孝地沉书于侧，让我终生懊悔。如果说此生自己做了一件比较宽慰的事，那就是在我母亲去世的前一年，我陪着95岁高龄的老母亲，在她人生的最后岁月里，最后一次来到了教堂。那天，教堂的钟声敲响了，县里的神父来了。我陪着老母亲慢慢地从家里走出来，她不用我搀扶，老人家沿着屋后的土坡，一步一步地走上了教堂……

愿父母在天堂安息。

阿门！

（2015 年 3 月 8 日写于深圳太白居）

暮春时节

癸巳暮春，我回到了粤东乡下。仔细掐算，转眼离开家乡竟有四十多年之久。以往的漫漫岁月里，因在外成家与工作，过去甚少回乡。越到暮年，内心方觉亏欠越多。

这天清晨，我彳亍在乡间小路上。只见烟岚缥缈，四野像是笼罩在薄薄的轻纱里。远处山岭上，一派葱郁。而路旁的田野，却藤蔓丛生。在这“无风絮自飞”的暮春时节，内心平添了几分惆怅。

蓦地，我看到百米开外迎面走来一位妇人。坦率地说，其修长的身材，姣好的面容，给我留下了极深的印象：这是村里哪一家的妇人呢？此时此刻，我的确有着那种“近乡情更怯，不敢问来人”的感觉。就在她迎面侧身走过时，一个人的形象突然在我脑海里闪现。当我从随后而来的妹妹那得知是“她”时，我竟然失态得不能自已……

那，当然是一个遥远、古老的故事了——

1971 年夏，已经入伍三年多的我回乡探亲，同行的战友们穿着四个兜儿的军官服衣锦还乡。在那个年代，能在部队混个军官当然是一件光宗耀祖的事情。而自己却只是两个兜儿的战士装，可以想象我当时是何等的沮丧和伤感。

因家父早逝，弟妹尚幼，家里急需人手相帮，以减轻母亲的负担。尽管本人千推万辞，可一位族叔还是在我离归队前不到一个星期的时间里，急匆匆地在本村帮我物色了一位很不错的姑娘——权且叫她“小芳”吧。

在家人的安排下，就在我即将归队的前一天，我与小芳及其家人见了面。至今令我印象深刻的是，我在她家吃过了午餐，拜见了准岳父、岳母。按农村习俗，这就算是正式向女方提了亲。记得当时我送给小芳一本《毛主席语录》，内夹有5元钱——这是我们乡俗规定的与女孩子定亲的“赏面钱”。那时，我每月的津贴为8元。

在当时农村，完成了这样的程序后，我的婚事算是确定下来了。

如果事情能顺着这个轨道向前发展，结果也就自然而然了。可恰恰就在我回到家乡探亲的那个时刻，我的提干任命已经通过了。回到部队后，自己旋即也穿上四个兜儿的军官服了，工资也一下从8元提高到了54.5元。

于是，自己人性中的丑陋出现了，灵魂中龌龊的一面显露了。用那个时代的语言来表达，那就是“私字一闪念”。当时，自己内心深处认为，好不容易从乡下出来了，好不容易提了干。今非昔比，身份变了，地位不一样了，哪能再找一个乡下女子，尔后一世终老乡间。

当时，我陷入了极端痛苦、苦恼的深渊。不要人家吧，那我就成了人见人恨、遗臭万年的“陈世美”，就会被乡里人鄙视。尽管我连她的手都没拉过一回，更别说有其他的故事发生。但当时乡里人的观念、习俗以及我家里的实际情况，我绝对是不该、也不能抛弃人家的。在那痛苦难熬的日子里，我人生第一次失眠了。试想，一个不谙世事、年仅21岁的愣头青，怎能处理这些在当时认为是天大的事。

就在我似乎走投无路的时候，一个“天赐良机”出现了。由于小芳文化程度不高，由其姑母代写的书信里出现了“一个无文化一个有文化不好相处”等云云。这或许是当时农村姑娘考验爱情的一种表达方式，我却把它当作解除“婚约”的借口和救命稻草，硬生生地把它挡了回去。尽管当时自己内心有些忐忑，但终究觉得是一种解脱，是一种轻松，更似乎认为从此后走上了幸福的康庄大道了。而事实上，在自己不知天高地厚地憧憬所谓美好前程的时候，哪管乡间小芳的凄楚、名声与难堪，哪管两家人的关系陡然发生了变化，哪管乡里人在背后指指戳戳。

几年后，我在外头成了家，她也下嫁本村。四十多年来，自己风光时，把这位“初恋”的小芳早已丢在脑后。在自己婚姻遭遇滑铁卢的凄冷寒夜里，偶尔会作些“换位”思考。久而久之，此事竟慢慢淡化了，淡漠了。如今，当得知其今日拥有无比的幸福时，内心却只能暗暗地为她祝福。可悲的是，光阴荏苒42载，我与小芳竟阴差阳错地从未谋过一次面。“花径里、一番风雨，一番狼藉。”转眼间，我与她都将成为夕阳下蹒跚而行的老人。而更令我伤感的是，一个当年已经行过定亲礼的“恋人”，我竟然被岁月打磨得“相见不相识”。

“庭院静，空相忆。无说处，闲愁极。”此次邂逅，我内心隐隐地作痛：人家肯定认识我。而她目不斜视地侧身转脸走过，是她根本瞧不起我。我觉得自己应该被她鄙视，被她责骂，甚至给我一个耳光，而后扬长而去；她那经岁月洗刷而表露出来的那种不卑不亢的神情，俨然是她一如既往地在维护着一位少女神圣的自信与尊严。相比之下，当年那位自恃清高、内心丑陋、灵魂肮脏的小军官，的确自惭形秽。

早年，曾读过让－雅克·卢梭那本举世无双的《忏悔录》，其中这样的词句深深震撼了我的心灵：“请看！这就是我所做过的，这就是我所想过的，我当时就是那样的人……”

暮春的乡间小道，打开了我那段尘封的记忆。今天，我用我真诚的忏悔，把这段往事记录下来，把当年自己灵魂中的阴暗与丑陋，放到阳光下晒一晒。

当然，更希望能得到小芳的谅解。

因为今生今世，我唯一对不起的女人——就是小芳。

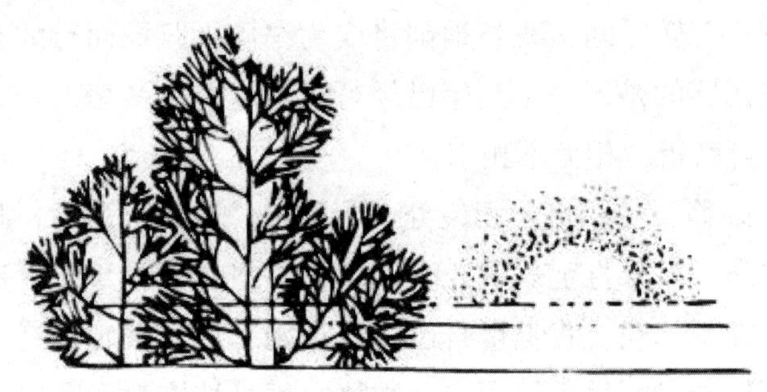

青山顶上送水人

南方的初秋，依然酷热无比，丝毫没有半点“慨然知已秋”的感觉。农历八月初一，是我们刘氏这一脉祭祖的日子。今年，恰逢我们村子负责主祭。故一大早，前来祭祖的360多辆大小车辆、2500多号刘氏子孙，从粤东的饶平各处，浩浩荡荡地前往刘氏老祖所在地——大埔县百侯镇松柏坑进发。

是日，烈日高照，奇热难耐。来到老祖坟茔的山脚时，年轻一点的，争先恐后地往高处疾走；年长一些的，只能一步一步地向上移挪。但无一例外，大家的汗水都湿透了衣背。

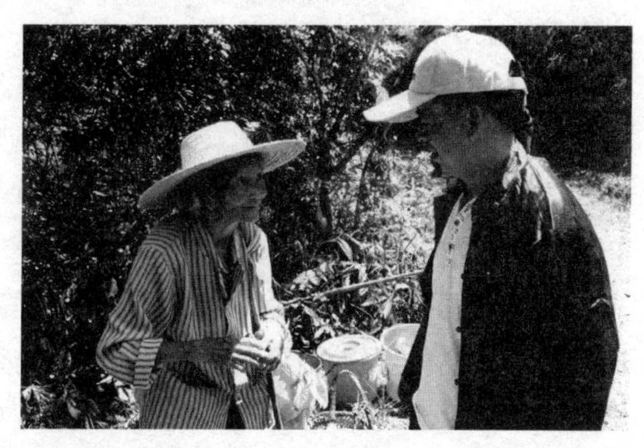

正当我们想歇脚时，突然看到在临近山顶的转弯处，摆放着4大桶的凉茶，茶桶旁的篮子里存放着一次性的杯子。饥渴难耐者急不可待地冲着凉茶桶而去，舀起就咕噜咕噜地喝了起来。在一旁站立的，是一位上了年纪的慈祥老阿婆。只见她戴着一顶草帽，拄着拐杖。一边微笑地迎候着大家，一边客气地招呼着大家喝凉茶水……

近午了，祭祖活动结束了。那位老阿婆还在那里，4大桶凉茶水早已空空如也。此时我看到，一位乡绅正与老阿婆交谈，我顺手操起了相机，拍下了这张照片。可在回家的路上，当我得知真情后，竟让我感动得泪水涟涟……

原来，此位老阿婆家族姓李，其祖上因在乡里为小姓，饱受欺凌，有冤无处申，有气无处出。在我国这样一个封建的国度里，尤其在落后、偏远、闭塞的乡村，这种现象往往司空见惯。但在六百多年前，我们的老祖为人仗义，主持公道，大义凛然，路见不平，拔刀相助。他为李家人摆平了事件，处理好了纠纷，使得李氏这一脉能在此村中立足下来。自此后，李氏祖上订立了一条家规：今后凡刘氏来此祭拜先祖，李氏家族一定要做好两件事：一是割除通往山上路边的杂草，二是在村边摆上凉茶。

我猛然间想起，怪不得刚才上山时看到山路两旁很开阔，基本上没有什么障碍，原来是李氏的后人在此前做了功课。另据乡绅介绍说，以前公路不通，每当我们刘氏祭祖进村时，村口的路旁都摆放着可供饮用的凉茶。现在公路直通村子，他们就把凉茶水直接挑上了山梁……

岁月渐行渐老，时光竟然流转了六百多年。而六百多年来，李氏的后人始终遵循着祖训，一代又一代地为我们通往老祖坟上的山路清除着杂草路障，一代又一代地把凉茶水摆放在村口的路旁边、摆放在巍巍的山梁上。

汽车缓缓地离去了，我的眼睛却渐渐地湿润了起来。望着车窗外连绵不断的翠绿山冈，想着祖上骏马骑行、开疆辟土、立地纲常、凛然正气而受人尊崇、膜拜，且几百年如一日，“衔环结草，生死不负”，这个我国古代感恩报恩的故事，久久地在我脑海里萦绕着，思索着，升腾着。直至我回到深圳后，那位老阿婆慈祥的面孔、瘦小的身子以及站立在烈日下的身影，竟还时不时地在我眼前闪现。

亲爱的老阿婆，各安天涯。

您保重了！

（2014 年 9 月 17 日写于深圳贝丽花园）

第二章　沐恩难尽

父爱如山

薄薄的晨雾如同轻烟笼罩着四野，不知谁家地头上昨夜没有燃尽的草垛，还时不时地冒出缕缕青烟。

清风徐徐，山道弯弯。在几乎没有路的山路两旁，各种藤蔓和杂草疯长着。

我静静地伫立在父亲的坟茔前，想着自己的父亲在贫病交加中长逝已近四十年，在这寂寂复寂寂的日子里，在这凄冷的山林间，与清风为伴，听松涛低吟，心中怆然。

打我记事起，“饥饿”这个词就深深烙在我的脑海里，因为那是一个大饥荒的年代。1958 年，我正在上着小学二年级。那时，“大跃进”的浪潮也铺天盖地地袭到了我们偏僻的山村。以生产队为单位的大食堂，在“跑步进入共产主义”的口号声中，一夜之间开张了。一些充满天真的人们，还真的以为是一觉醒来，就是“楼上楼下，电灯电话”了。

在公社化的日子里，家里的一切都必须充公。先是开动员会，而后对各家各户进行搜查，所有粮食要上缴，所有禽畜要统一归栏，各家各户的锅灶一律要砸掉，灶土则当作肥料。吃饭时，各家各户的饭桌要统一搬到一起。

一天放学回来，我突然发现家里窗户上的铁条不见了，取而代之的是大小不一的木棍棍。再一看，门上的拉环以及家里所有带铁的东西，都没有了。父亲叹着气说，全被拿去炼钢铁了。当然，这一切都是强制性的命令。

后来，家里唯一仅存的也只有一口铁锅了，父亲哀求着希望能留下来，哪怕烧点开水也好。但生产队干部强硬的态度，使得父亲只好把它忍痛卖到收购站了。父亲拿着卖铁锅所得的三角五分钱，怔怔地站在圩场边，心里好像被挖空了。可转念一想，一个家总得有一口烧开水的锅呀。于是，父亲拿出了一角八分钱，买回了一口泥锅。

谁知1959年的春节刚过，也就是说才乱哄哄了几个月的大食堂，此时已经是冷火秋烟了，每人每天的口粮只有二两了（16两为一市斤）。即便如此，这个时候仍不准各家各户自己开火。食堂里每天清汤寡水，或者说根本没东西可吃，人们的心一下掉到了冰窟窿里。

每天放学回来，我总是一副恹恹欲睡的样子，浑身无力地坐在落满灰尘、无米可舂的石臼旁，四肢酸软，动都不想动，连停在脸上的苍蝇都无力去驱赶。

那时，我们兄弟姐妹都还小。姐姐大我两岁，弟弟小我两岁，而妹妹才两岁多。除妹妹尚幼外，我们个个虽然不是劳动力，但此时我们个个却正处在能吃饭的长身体时期啊！

我总发现，父亲经常蜷缩在楼梯下面的木制鸡笼上，鸡笼里早已空空如也。他有烟瘾，但他此时只能抽着芋头枯叶做成的所谓的卷烟。而这芋头枯叶，还是我的姐姐在生产队的田里“偷摘”的。更多的时候，父亲默默地看着我们，看到我们一个个饥不择食的样子，看到我们一个个面黄肌瘦，他的脸色特难看，经常是闭着眼睛，摇着头，无助地叹着气。

在这苦难的岁月里，是父亲的远见与智慧，甚至是生命，救活了我们兄弟姐妹。刚办大食堂的时候，那些以为睡一觉就可以过上共产主义生活的人们，实在是暴殄天物，大肆浪费着粮食。

好端端的大米饭，没吃上几口，往潲水桶一倒；香喷喷的地瓜、芋头，只啃一点“里肉”，就丢掉了；还有那些炊事员，把地瓜连皮带肉削得只剩下一个芯芯……

而我的父亲，他已经从这种喧嚣、浮躁和浪费中看到了问题与危机。他悄悄地让我的姐姐把这些倒掉的饭、丢掉的地瓜皮，悄悄收集起来，拿到阳台上晒干。

其实这些东西，原先也是准备喂兔子的，谁知大饥荒的日子比预料来得快，这些收集起来的“残渣余孽”，后来竟成了我们渡过难关的救命粮。尽管它沾满了灰尘，充满发霉的味道，甚至还掺杂着不少兔子屎，但母亲用水把它洗一洗，煮一煮，便成了我们的“美味佳肴”了。

“爸爸，你也吃点吧。”我经常端着这连汤带水的东西，问着父亲。

“孩子，爸爸不饿，你们快吃吧。”父亲总是这样回答着我们。而我们都知道，父亲这时候已经患上严重的水肿病了。他原本挺直瘦高的颀长身材，此时已呈佝偻状，身上的肋骨，一根一根地数得出来。而他的两只脚，却肿得通亮通亮，用手一摁，深深地陷了下去，好久都不能复原。但在自己命若游丝的情况下，作为一个父亲，看着嗷嗷待哺的我们，他硬是自己忍饥挨饿，经常把他那份救命的汤水让给我们。

这是一个苦难的岁月，这是一段蒙羞的历史。长大以后，直到很晚很晚的后来，我们才知道这段历史的真相，才知道什么叫所谓的“三年严重困难”，才知道过去我们上学时形容万恶旧社会的许多成语，竟也出现在新中国的现实中。只是有一点让人想不通，都是泥腿子出身的衮衮诸公，难道真的会相信水稻的亩产能有十万斤吗？！

我的童年，我亲眼看到村子里一些老弱的人饿死了，那些患上水肿的病人也接二连三地离去了。当然，那些年村子里也罕有人家生小孩的。人都快饿死了，哪有精力去思淫欲呢？

一天，父亲望着自己久肿不退的双腿，也许他感觉他那孱弱的身躯已经扛不住家庭的重担了，他凄凉地对母亲叹道：

“我可能挨不下去了，可我们的孩子都还小，我真是死不瞑目啊！”

“孩子他爸，你千万不能这样就走了。你一定要坚持下去，你如果走了，我也没有办法带大四个小孩啊。”母亲泪眼汪汪，悲恸欲绝。

许是上苍有眼，可怜我们年幼；许是父亲那时正当盛年，没让病魔进一步得以发展，父亲的水肿终于渐渐地消退了，父亲的命保住了。

按当时的规定，家里私养兔子也是违规的，甚至是犯法的。可农村人的觉悟毕竟离上级的要求还有差距，哪一家在公社化时没有藏的、掖的、瞒的。父亲看着亲手养大的、活蹦乱跳的几只小生灵，确实也于心不忍。于是，这五六只兔子便在父亲“觉悟不高”的情况下，偷偷地养在我家的楼上了。

一天，也许是由于大意，五六只兔子误吃了一种有毒的野草，一下全死掉了，父亲甭提有多伤心了，我们也在偷偷抹泪。但事不宜迟，父亲连想都没想就以最快的速度，先把兔子的内脏掏了出来，生怕毒性传染到兔肉里。因为是偷养的，所以连杀自家养的兔子也只能是偷偷地杀。

面对着一堆死兔，父亲既伤心又犯难。丢掉肯定可惜，不丢嘛，一旦吃出事来，如何是好。当他看着我们一个个面黄肌瘦的样子，看着我们的眼神里似乎充满着某种企盼的神情，两行枯黄的泪水从父亲布满皱纹的脸上流了下来，他声调低沉地对母亲说：

“孩子们都饿到了这个地步了，没有什么可再考虑的了。我来先吃吧，一旦我去了，你一定要把孩子带大……”

这就是我的父亲，在那大饥荒的日子里，为了我们兄弟姐妹，他决心以身试毒，以一个父亲博大、无私、献身的情怀，拿自己的生命来作赌注。

母亲哽咽着，任凭泪水流淌。

中午放学回家，我看到父亲静静地坐在楼梯下的鸡笼上；下午放学回家，我看到父亲依然还活着。直到那一刻，我们全家人那颗悬着的心才放了下来。那晚，我们全家人终于“偷吃”了人民公社化以来的唯一的带有荤味的东西。

没吃过黄连的人，怎知蜂蜜的甜；没经历过大饥荒的人，怎能体会出饿到眼睛发绿是一种什么滋味。

然而，最艰难的日子还是1960年和1961年。因为到了此时，各家各户藏的、窖的、可作为充饥的东西，已经彻底地掏空了。而生产队分配每人每月三五斤谷子的口粮，根本无济于事。

那时，根据生产队的安排，我母亲负责放牛。每天赶牛上山后，她拼命地挖一种叫作“硬饭头”的东西。而这鬼东西最起码在地下一米深的地方，体力强度可想而知。但为了活命，她硬是撑着虚弱的身子，跑这山，走那山，拼命地寻找着这些可以充饥的东西。

每天放学后，哪怕再饿再累，我也要与姐姐一道去挖野菜。苦难使我们提前懂事了，饥饿更是逼迫我们不敢有丝毫懈怠。因为谁都清楚，只要一偷懒，死神就会降临。大饥荒的岁月，让我知道了野菜的救人功能，让我知道了山里的哪些东西可以“骗”肚子。

那时，我们最为期盼的事就是等待收割季节。在生产队收割完的稻田里，我们这些年龄相仿的小伙伴们，个个像鸡一样，一粒一粒地拾着遗漏的谷粒（那时地头鲜见有成串的谷穗）；每当队里收完地瓜，我们更像随时冲出战壕的冲锋队员，一哄而上，人人挥舞着小锄头，寻找着社员们疏忽和遗漏的地瓜；有时路过生产队的地瓜田，眼睛直愣愣地望着田垄中的地瓜，恨不得一头钻进去，可就是不敢越雷池一步。想想那时，“傻”得真让人不可思议。

有一段时期，实在没有任何东西可以填肚子了。父亲说，把家里仅剩的那点陈年谷糠拿去碾磨碾磨吧。碾完后，母亲把它用筛子过了过，用它的粉末和着水再掺些野菜做成一块块的“饼”。而那东西，实在难以下咽。每当此时，父亲就鼓励我们说：“孩子啊，为了活命，你们就忍耐吃一点吧。”

在如此艰难竭蹶的时刻，父亲彻底倒下了。

“妈妈，为什么爸爸晚上咳嗽不停？”有一天，我问着母亲。

母亲眼里闪着泪水：“孩子，你爸得病了。”

“什么病？”

“内伤。”

“内伤？”当时我一听脑袋就“轰”了一下，心里一个冷战。内伤，即是痨病。而痨病在当时，则如同今天无药可治的癌症啊！

打那以后，每当夜静更深的时刻，听到从楼梯下传来深沉的咳嗽声，总让我感到无比痛苦，无比伤心，甚至是无比害怕。

苦难的日子在日出日落中一天天过去了，我们也在苦难中一天天长大了。

1963 年，我上了初中。早在我读小学三年级的时候，因为穷，姐姐就辍学了；弟弟他不想读书，家里更无力同时供两个小孩上学，父亲只好作罢；可怜的是我那才七岁的小妹妹，不仅不能走进学堂，还要到生产队的瓷厂里干活、为家里挣工分……

学校离家近四十里，我为住宿生，两个星期回一次家拿点米和菜。看着一些富裕家庭的子弟坐着汽车来回，内心只有羡慕的份。初中三年，自己没有花过一分钱坐车，全靠两只脚来回奔走。

那时，学校每个月伙食费是三块钱，自己连想都不敢去想。虽然年轻的心经常在做梦，希望能吃饱一餐大米饭，希望能有青菜吃，更希望有朝一日能大快朵颐地吃上肉。然而，这一切都是一枕黄粱。

母亲每次将炒好的萝卜干，放在一个瓦罐里，它便是我半个月的菜蔬了。因为没有油，萝卜干经常焦煳焦煳的。就这样，焦煳的萝卜干陪着我度过了三年的初中时光。即便如此，比起全家人辛苦劳作、供我一个人上学，我可谓人上人了。谁让自己出生在如此贫穷的家庭里？谁又让自己生长在一个“长身体时挨饿”的年代呢？

父亲的身体每况愈下，咳嗽的频率越来越高。可是，家里无钱买药，更谈不上补充营养，他连自家鸡下的蛋都舍不得吃，经常拿去换钱，好让我在学校里有一点零用钱。有人劝他，自己已经病成这个样子，不要让儿子读书算了。可我那病入膏肓的父亲，却从未有让我休学的念头……

然而，随着念书的增多，我与父亲却越来越疏远了，最根本的原因是害怕他的“内伤”病，生怕被传染。所以，每次从学校回来，我经常借口做作业，躲开父亲，不敢站在父亲跟前，总是离得远远的，也不和父亲交流，不和父亲多说一些话，深深伤了父亲的心。

“文革”开始时，为了表示自己的革命觉悟，偷偷把父亲珍藏多年的《圣经》以及许多西洋画册，全当“四旧”沉入厕所了。这对信仰天主教的父亲来说，该是一种什么样的打击呢？

1967 年，我那历经苦难的父亲，如同昏惨惨的油灯，终于燃尽了最后一滴油，拖着病歪歪的身躯，饿着空荡荡的肚子，永远地离我们而去了。那年，他还不满 50 岁，死的时候，始终没有闭眼。

在我以后成长的岁月里，在我今生今世的记忆中，留在我心里的，永远是那挥之不去的痛和深深的忏悔：

"我这个不孝的儿子啊！"

（2006 年岁末写于深圳水贝）

母亲与外婆的故事

【楔子】

这是我母亲与外婆的真实故事，
更是一段悲怆心酸的人间苦难史。
1928年的一天深夜，我的外公、
外婆随着逃荒的人流，携着我年
仅5岁的舅舅，带着我母亲的卖
身钱——30块大洋到暹罗去了。
无情的岁月整整流逝了70年。
同是骨肉亲人，竟不知骨肉在何
方？70年的思念，70年的苦愁，
终于感动了上苍。
1998年，人世间竟演绎了80岁
女儿与百岁老母亲相聚的亦悲亦
喜的场景……

1998年3月12日晚，泰国饶平同乡会吴坤保先生打来电话并传真告诉我，我母亲在泰国的亲人找到了，而且年届百岁的外婆还健在……

刻不容缓，我们姐弟俩于4月23日就陪着老母亲乘坐空中巴士从香港飞抵泰国曼谷国际机场。

第二天一早 7 点刚过，泰国饶平同乡会帮忙联系的小车，已在宾馆门口等候了，我们匆匆用完早餐便直奔外婆家。

外婆家离曼谷大约八九十公里地，毗邻泰国著名旅游胜地芭提雅，交通非常便利。因路上有一些耽搁，我们于中午 12 点半才到外婆家。

车未停稳，我们就看到一位耄耋老人站立在大门口迎候着。用不着介绍，直觉告诉了我们，她就是我们的老外婆。

一跨入门槛，随着一声“阿娘”，随着一声“我的儿啊”，80 岁的女儿扑通跪倒在 100 岁母亲的跟前，百岁老人也俯下身子紧紧抱住了别离了 70 年的女儿。

“人有悲欢离合，月有阴晴圆缺，此事古难全。”然而，现实实在太残酷了。当年一个不满 10 岁的小姑娘，经历了活生生的别离，70 年来，她想亲娘，念亲娘，却未能喊一声亲娘。而今这一声“阿娘”，如春雷滚动，似火山迸发。撼人肺腑，却又催人断肠。

此时，正值泰国最炎热的季节，我们很担心两位老人在这久别重逢的场合中出现闪失，我的二舅、小舅走上前去搀扶着她俩到客厅的沙发坐下。

外婆的听力这两年有所下降，二舅凑近外婆身边用潮州话说道：“唐山的阿姐看你来了。”外婆点着头说：“吾知，吾知。”她一会儿抓着我母亲的手，一会儿摸着我母亲的脸，喃喃地叫着我母亲的名字，老泪纵横。

二舅说，外婆 80 多岁时还坚持自己挑水，两三年前还到处走动，上集市买菜、购置东西不要儿孙代劳。这两年来，她的听力下降了，思维、说话不是很连贯了。由于二舅提前与她打了招呼，她清醒地知道，唐山的女儿来到了身边。

如今，这一对离别得太久太久的母女俩同坐在一张沙发上。女儿望着母亲，母亲望着女儿。“阿娘，我是阿音（母亲的小名）啊，可怜的姐姐早就不在人世间了，你知道没有……”说着说着，母亲说不下去了，唯有泪千行。

这次出去之前，母亲很想在外婆面前说个痛快，哭个痛快。可乍一相见，似乎有些陌生。因为在她们母女各自心目中，女儿已不是当初的女儿，母亲也不是当初的母亲了，这其间整整断裂了 70 年。而这种断裂，唯有血缘和亲情才能连接、弥补这段漫漫的时空。

这对别离了 70 年的母女第一次见面，整整用了一个钟头。可以说，她们痛哭了一个钟头，抚摸了一个钟头，拥抱了一个钟头。怕过度兴奋和悲伤影响两位老人的身体，我们不得不催促着结束这种悲喜交加的场面。

在后面几天的接触中，我们了解到，外婆她们到暹罗后，生活一直很苦，外公又喝酒，又抽鸦片，加上子女多，家里常常吃了上餐没有下餐。更为可怜的是，3 位正当青春年华的姨妈，在一个交通闭塞的蔗田干活时，因染疾在一个月的时间里竟相继逝去，悲惨至极。

二舅说，因为穷，他们与外界交往很少，也不可能回唐山找亲人。只是外公经常借酒消愁，每每酒后伤感地叨念着唐山，说唐山还有老祖母，还有两个姐姐……

一席话，让我们了解了许多，明白了许多，也醒悟了许多。

给外公上坟，不仅是母亲的夙愿，也是我们此次赴泰省亲的重要内容。

4月25日上午9点多钟，姨妈施清花专程从曼谷赶来会面。这样，母亲、二舅、小舅以及姨妈这4位一母同胞的骨肉，平生第一次相聚在一起，给自己的生身父亲尽孝。

这是一座相当规模的坟场。举目四望，芳草萋萋，荒冢累累。这是旅泰华人的长眠之地，每块墓碑上都用中文镌刻着姓名、生卒年月及祖籍。可以想象，这些与命运抗争、为生存拼搏的华人，最后都静静地躺在这他乡异国的土地上，只有那一块块石碑，寄托着他们对唐山、对故土、对亲人的永恒思念。

穿过墓群，我们来到外公的坟前。这是一座修葺得很好、很不错的墓地，墓碑右上角镌刻着外公的祖籍“饶平县外浮山乡”，墓碑两侧则是清秀的出水芙蓉图……

70年离恨，70载相思。母亲给外公坟上献上了鲜花，她跪倒在生身父亲的坟前，悲恸欲绝。她在心里呼喊着：“阿爸，您的女儿从唐山看您来了。”

骄阳似火，碑文如血。“饶平县外浮山乡”的红色字体如同火焰在我们眼前跳荡，真让人五味杂陈。人世间纵有千般难、万般苦，此时此刻，故乡的明月秋风、故乡的骨肉亲人，都随着袅袅青烟飘洒而去。只见母亲跪倒在外公的坟前，默默注视着墓碑，任凭泪水洗面。

拜谒外公的墓地后，应母亲的要求，我们又去外公弟弟的坟上和大舅的存骨处凭吊。

“我们的叔叔现在情况怎样？”昨晚，母亲向两位舅舅问起了此事。昏黄的灯光下，我们分明看到，二舅的眼神倏然暗淡了起来，他缓缓地对我母亲说，叔叔已于1986年去世了，他到暹罗后与当地人成了家，没有养育儿女，曾领养过一个小孩，后来小孩也走了。叔叔和婶婶，生活也比较潦倒。

外公兄弟的坟茔同在一个坟场，相距不远。无一例外，墓碑上同样镌刻着“饶平县外浮山乡”。母亲无限悲伤，正是眼前这位长眠于九泉之下的叔叔，70 年前从饶平外浮山乡与自己的母亲和弟弟远涉重洋。光阴荏苒 70 载，可他们 3 人中谁也没有回过自己的出世村。

大舅是两年前去世的，大舅的骨灰存放在一个风景秀丽的海边塔寺。母亲望着镶嵌在灵位上大舅的遗像，心情格外沉重，没想到比自己小 5 岁的弟弟竟先走一步。

回去的路上，大家在车上默默无语。我们咀嚼着昨晚表姐说的话，大舅以前成天下海捕鱼捉蟹，既辛苦又危险。好不容易熬到子女长大了，日子也好过了，他却没有享福的命……

晚餐时，外婆来了，二舅一家三代五口来了，小舅来了，姨妈来了，表姐及表弟父子都来了。四代同餐，济济一堂。今晚，母亲坐在外婆左侧。这是 70 年来母女俩第一次共进晚餐，母亲不时地给外婆夹菜，看到外婆能有这样的好口福、好身体，会心地笑了。

相见时难别亦难。由于此次为了能尽快与外婆见面，我们办理的是旅游签证，故在外婆家只有短短的 3 天。上午 9 时许，大舅妈一家到我们下榻的宾馆送别后，二舅、小舅各自驾车来接我们，说外婆在家等候多时了。

“阿娘，明天我就要回唐山了。”母亲紧紧握着外婆的手，哽咽着再也说不下去了。外婆一听，泪如雨注。她久久地端详着即将离别的女儿，摸摸手，摸摸脸，一会儿拥抱，一会儿痛苦，“我没有东西送你们，惨啊……”母亲噙着泪水答道：“我们都有了。”

往事如烟，岁月如流。对一个百岁老人来说，人生中也许很多事情都记忆模糊了，甚至忘却了。但那种“走遍天下路，不忘出世村”的老华侨情愫，在这母女离别之际表现得淋漓尽致。她一字一句，一板一眼地当着舅舅和我们的面说道：“我是唐山盐糟人，我是嫁给施厝人家的。”（盐糟、施厝为外婆、外公出生地的村名）如此的思乡情结，令人回肠荡气。

少年离别意非轻，老来别离更怆情。10点半左右，我们正式离开外婆家，小舅扶着外婆走到大门口。“阿娘，我要走了，请您多多保重！”这最后一声道别，是何等的沉重，何等的断肠。只见80岁女儿和100岁的老母亲，头碰着头，肩对着肩，手扶着手，依依惜别。外婆怔怔地望着母亲：“你们要回唐山了，我再也见不到你们了。”母亲有些控制不住了，我们赶紧扶着她坐入车内。窗外，外婆频频向我们挥手。

再见了，外婆。

再见了，我的泰国亲人。

（1998年5月写于广西桂林）

我的老母亲

今年五一节，我争取了几天假期。尽管清明节刚从家里出来，最终我还是回到了乡下——

因为那里有我 95 岁的老母亲。

下午回到家里时，家里竟无一人。我赶忙往母亲的住处走去，一听，床上正传来均匀的呼吸声，我悄然退出独自泡着茶。突然，一声“咿呀”门响，母亲从里间走了出来，似乎带着羞赧的神情对着我说：“我以为你没这么快回到家呢，所以睡过头了。”母子相视一笑。

这些天，我明显感觉到，母亲的精力大不如前了。有时在沙发上坐着坐着就睡着了，而且晚上一过九点钟，她就要回房歇息。我突然想起了“天长命短”这个词。皇上无法万岁，庶民也有长寿者。可见，上帝对每一个人还是公正的。眼前的景象，陡然间让我想起了我的外婆。那年，外婆 100 岁。只见她，人体清瘦，精神矍铄，胃口也很好，可也是在见面两年后就撒手西去了。可见世间万事万物，都是有其生命长度的。

但有时转念一想，到了我老母亲这个论世纪的年龄，已经真的很不容易了。如今，她基本上生活还能自理，思维还是很清晰，天气好时还能拄着拐杖到村子里走走。再想想我们自己，有时真的不敢去想。

天空接连下了几场不大不小的雨，妹妹从山里拔了很多竹笋。

往地上一倒后，我对老母亲说，“妈，你也来剥剥笋皮吧。”为了让老人不至于退化，一般诸如摘菜的轻快活，以及日常个人洗漱之类的，我都会让老人自己动手。可老人家这回笑着说，“我剥不动喽。”接着，她告诉我要用小刀在笋尖上削掉一层皮才容易剥壳，并教我要斜着切笋，还要用冷水煮过。

听着，听着，我仿佛看到了自己年幼家境困苦时，母亲冒着闷热的天气，走着很远很远的崎岖山路，钻进长满荆棘的山野竹林间采摘竹笋。回到家里，还要在如豆的油灯下冒着虚汗，为全家人煮着晚饭……

在家的这些天，母亲一直在我耳边叨念着，隔壁的大嫂一直关照着她，上家的侄媳妇时常会给她吃的，下家的大叔知道她爱喝茶，每次总会给她倒上一杯……

老人家要我去好好感谢人家。我思忖着，人心向善、懂得感恩，或许是一个人长寿的一大原因。

一天中午，我打开电脑，正看着我孙女的放大照片。老母亲从沙发上走过来问这是谁，我说是我的孙女，也是她的重孙女。老人赶忙让我走开，说她也来看看。看着老人一副专注的神情，只听她嘴里小声念着：“不知我还能不能见到她……”

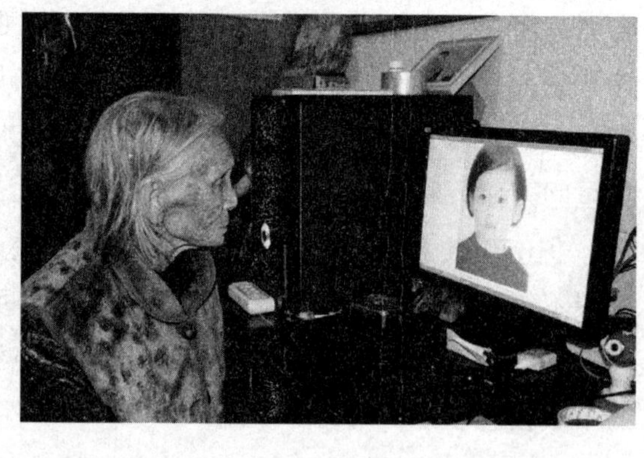

我赶紧拿起相机，留下了这个镜头。回到深圳，我打开相机一看，竟让我吃惊不小。这前后相差四代人的一老一少，她们的耳朵竟然遗传得如此形似神似。

我是 4 日搭下午车回深圳的。午饭后，母亲开口了：“明天立夏后再走吧。”当得到我明确的态度后，老人家走到洗漱台前，拿走我刚到家那天她给我用的塑料杯，喃喃说着：“等你回来再用吧。”

我心里一热，泪水止不住流了下来……

（2013 年 5 月 10 日写于故乡）

慈母恩

按我们家乡的说法，一过冬至人添一岁。掐着指头算，老母亲已是96岁的高龄了。“父母之年，不可不知也。一则以喜，一则以惧。”的确如此。尤其得知她老人家在过去的一年里多次跌跤，内心总惴惴不安。

去岁末我回家时，邻居又对我说起，你妈真是了不起，到了这个岁数，生活基本上还能自理，还能自由走动，这是你们做儿女的福气呀！可不是嘛，一个经历了百年风霜的世纪老人，时至今日，基本上没有给我们添更多麻烦。吃饭、穿衣、盥漱、洗澡、如厕等日常诸事，她老人家基本上都能自理。我们当儿女的，仅为“是谓能养”罢了。所以我暗地里常想，这可是祖上对我们的荫庇，也是我们当儿女的天大福气呀。

我清楚地记得，幼时妈妈悄悄地对我说，在她10岁时，外公外婆就撇下她们姊妹俩闯荡南洋去了。这一走，天苍苍，海茫茫，几十年音信全无。她完成了“卖身契约”，从少年到青年，直到年近30才从潮汕平原嫁到我们那个偏僻的山村。在当时那种交通闭塞的情况下，她整整走了两天山路，快到我们那个地处大山深处的旮旯山乡，看到连绵不断的群峰、弯弯曲曲的山路和苍苍莽莽的森林时，她只能慨叹命运的残酷与不公……大陆解放以后，在当时那种政治气候下，她不敢声张有海外关系，只能偷偷地垂泪，把对亲人的思念与万般苦痛，咽进肚里，埋在心头。

我也清楚地记得，在20世纪50年代末、60年代初那个饿死人的年代，父亲重病，我们姊妹四人尚未成为劳动力。作为一个妇人家，她整日里除了照顾父亲外，还要忙着挣工分养活我们。在她盛年时，父亲却走了，她咬着牙，顽强地把我们姊妹抚养成人。在我幼小的心灵里，母亲无助、无奈的长吁短叹和深夜里常常传来凄厉、悲凉的哭泣声，每每刺激着我，痛苦着我，也感动着我。

我更清楚地记得，我上初中时，只能半个月回家一趟，拿些米，带些菜。每当周六傍晚回到家，母亲总会贪婪地望着我，默默地摸着我的头，很少话语。她一会儿撩拨着灶里头的柴火，一会儿炒着萝卜干、咸菜之类的东西。因为没有油，咸菜干炒很容易烧焦。在柴火的一闪一明中，我总会看到泪水会从母亲清瘦的脸颊上不由自主地落下；在柴火的“哔剥”声中，我也看到了母亲日渐增多的白发。每当装好一小钵咸菜后，她总是背过脸去、抹着泪对我说：“儿子呀！都怪你爸、你妈无能啊！”有一次，家里实在没有大米让我带去学校了。妈妈望着病榻前的父亲，含着泪出门，又东家借西家赊的，因为那时大家都很穷，我常常会看到妈妈空手含泪回来的情景。多少回，在更深夜静的油灯下，我看到妈妈一针一线地为我缝补衣裳。为了让自己的儿子有个遮体的衣物，我穿过姐姐的衣服，穿过“尿素”袋子缝制的褂子，穿过补丁连着补丁的衣裤……

如今，无情的时光悄悄流逝。老人越发苍老了，越发憔悴了，也越发衰弱了。虽说她依然可以拄着拐杖在村子里转悠，可我真担心她那单薄的身子，会被风吹倒。天刚转冷，她就穿着厚厚的衣裳，跟着太阳在转。她经常长时间地一个人默默地坐着，坐着。远远望去，犹如一尊雕塑，让人心酸。

当问起一些往事时，母亲有时会摸摸脑袋、摇着头说记不起来了。但一些植根于她脑海深处的东西，却始终镌刻在她心头。

每次回去，她总会在我耳旁说我们姊妹小时候这个事那个事，说我父亲痛苦的人生，说谁谁是我们家的恩人。每当看到电脑屏幕上出现重孙的镜头，她会自豪地向人夸着这是她的重孙子，而且还是双胞胎呢。这次回家时，母亲怔怔地看着我对我说，“你怎么把头发理得那么短呢？”一个上百岁的老人家，对自己儿子细微的变化，竟观察得如此仔细，着实让人感动。

曾子说：“孝有三点，大孝是尊重父母，其次是不使自己的言行给父母带来耻辱，再次是能养活父母。”自己转眼间也进入老年了，“子欲养而亲不待”，让人几分悲凉。

但我思忖着，小羊跪着吃奶，小乌鸦能反过来喂养老乌鸦，我们做子女的，最起码也应如此。

忽地，一阵悠扬的歌声从远处传来。“常回家看看”的歌词重重地撞击着我的心灵……

春节又将到了——

（2014年春节前夕于深圳）

晚秋的那一抹夕阳

今年10月末的一天下午，当我兴匆匆赶回粤东乡下故乡时，只见一抹斜阳从罩着轻纱的窗棂、从大厅顶层的天井上透视了进来，整个客厅显得光亮无比。妈妈对我说："我已经等你好久了。"

一句话，让我五味杂陈。原曾对老人承诺说国庆期间回家看望她的，却因事务缠身走不开。紧接着，便听到老人家饭量骤减的消息，心里不免惶悚，毕竟是近百岁的老人了。所以事情刚一甫定，我便赶了回去。

可眼下，我见到杲杲的秋阳正照射在老母亲的身上、脸上，她的精神状态特好，清瘦的身子，炯炯有神的目光，一下让我放下心来。我打趣问道："阿妈，你今年多大了？"老人看了看我俏皮地回敬了我一句："你妈已经九十五六喽，人欲佝佝了。"佝佝，是我们客家话"人死后弯曲状"的意思。说完，妈妈笑了，我也笑了。

晚秋时节，槛菊萧疏，井梧零乱，夜也来得早。晚饭后，她老人家照例喝了一杯浓浓的酽茶，这是她几十年来形成的固定模式。约莫9点钟，她便拄着拐杖慢慢回房间歇息去了。望着老人蹒跚的脚步和瘦小的背影，真让人真切地感到，母亲正慢慢老去。

这些年来，只要有空我都会回去陪陪老母亲。而每次回去，她都会聊起以往苦难的岁月，教育我们要懂得感恩，希望我们有一个好的生活。而每当提起家父48岁就走完了人生路，老母亲的神情里总有着几分深沉和凝重，总说我爸是一个没有福气的人。

还有一点，老母亲此生笃信天主教。记得孩提时，每次吃饭、睡觉前她都会默默地念经。教堂里如有圣事，她都热心参与。如今老了，她已不能爬上屋后那道不算很陡的石阶、到教堂做弥撒和念经了。可我相信，教堂里每每传来的钟声，都会撞击着她那老而弥坚的心扉。

以前总觉得老人有点“迷信”，后来慢慢地表示理解了：因为是神父把她介绍给了我父亲，从此改变了她“弃儿”的命运；因为是《圣经》成了她此生的精神支柱，使她能够从容地看着花开花落、云卷云舒。而天主教，正是她老人家的终生信仰和精神寄托啊！

一日，一位邻家大嫂和一位大婶来家里与我聊天。大家倾诉岁月，追忆往事，感叹人生，并家长里短地聊着，老人竖起耳朵静静地听着。末了，冷不丁地她冒出了“千人千般苦，苦苦不相同”的话语，真让我们吃了一惊。

毋庸置疑，岁月是公平的，更是残酷的。它让老人更加老了，老年人该出现的状态，同样也在老母亲身上显现了。前两年，老人还能为买彩票的事情，在村子里东家走西家串的。如今，她更多时候是坐在自家门前的窗底下，看太阳从东边升起，又看太阳又从西边落下。有时煤气炉打开后，转身她就忘记了。还有，她的脾气有时显得更有个性了。此次回去她还与我叨念着，说某人赚了钱回乡后，在她面前晃来晃去的，连个招呼也不打，她说她瞧不起这样的人。

得知我是午后乘车要回深圳，老人家一改以往午休的习惯。在我的一再劝说之下，她才极不情愿地说到床上“倒一下”。可没过多久，她又爬了起来，一直坚持着在候车处送我上车。

下午 2 点钟，汽车载着我颠簸着向村头驶去。我从摇摇晃晃的后视镜里看到，村道边久久地伫立着一个瘦小的身影。随着汽车渐行渐远，这个身影被夕阳拉得越来越长，越来越迷蒙……

（2013 年 11 月 15 日写于深圳贝丽花园）

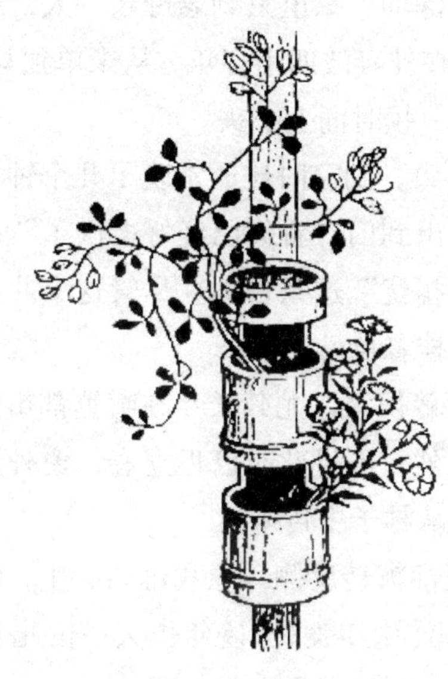

我给娘亲倒尿盆

老母亲95岁了。癸巳春节前夕，侄媳因怀龙凤胎早产，弟弟与弟媳匆忙赶到深圳，家里只剩老母亲一人，我便急匆匆地赶回了乡下。想自己在外奔波四十多年，从未单独与老母亲过个年，内心的激动与愧疚，顿时涌上心头。

因年关交通所致，到家时比通常晚了几个钟头，听隔壁大嫂说，“你妈进进出出到门口看你已经好多次了”，这不禁让我想起了“儿行千里母担忧”这条古训。尽管这个儿也已年过花甲，可老人的心始终牵挂着自己的儿子。

乡村的夜，万籁俱寂。尤其长年在喧嚣都市生活的人，这种对比的反差更加强烈。不过此时已近立春，窗外蛩声唧唧，也时有不知名的鸟叫声从林子中传来。

夜深人静，我却辗转反侧。想我母亲一生，劬劳一生，凄苦一生。少小亲人别离，中年丧夫，晚年失去一位儿子（我大弟）……人世间三大悲苦事，竟让老母亲赶上了。

当然，老母亲此生也有许多高兴的事儿。今晚入睡前，她还叨念着她此生最为高兴的，莫过于她1998年乘坐空中巴士到泰国去与别离70载的百岁老母亲相见的事和当下舒心快活的日子。

我们居住的客家土楼以木板作为楼板，一般来说隔音效果不是很好。可我在楼上听着老母亲均匀的呼吸声和偶尔传来低沉的咳嗽声，犹如一种曼妙的摇篮曲，慢慢地催我进入了梦乡。

年关将近，家家户户挂灯笼、贴对联，是我们客家人千百年来流传下来的习俗。可能是家里得了龙凤重孙，老母亲交代着今年一定要买大一点的灯笼。可灯笼买回来后，看着高高的屋檐她老人家又不禁犯了愁。我安慰着老母亲，别着急，我会叫邻居的小伙子帮忙的，老人这才放下心来。

年廿七，得知内子买了第二天的车票也要从深圳回来一起过年。午饭后，我开着玩笑对老母亲说，“妈妈，明天 ××（妻的小名）要回家过年了，你知道 ×× 是谁吗？”只见老母亲嗔怪着答道：“她不就是你的老婆嘛。”母亲的思维还这么清晰，让我甚感欣慰。末了，身后还传来了“你以为我老了，糊涂了吗？”的责怪声。

此番“遭遇战”，让我格外开心。因为我知道，老人清醒得很。

老人早餐一碗粥、一个鸡蛋，两个正餐都要荤的，尤其喜好鸡鸭鹅肉，且食量不小，难怪老母亲打趣道：“你爸的福气都让我一个人独享了。”听后，我内心五味杂陈。因为我知道，家父早逝，与其说他是病逝的，倒不如说他是被那个时代的贫穷夺去性命的。

从年前到我正月初十回深的这段日子，我有一个必做的事情就是每天早晨给老母亲倒尿盆。自打前些年，考虑到老人晚上上卫生间不便，内子到集市上买回了尿盆。这样，老人晚上起解就方便多了。

老母亲格外讲究卫生，在她近百年的人生里，除非躺在床上不能动弹，她坚持每天洗澡，而且每天换洗内衣内裤。即便到了这个岁数，天天如此。所以，在她身上、在她睡的床上，丝毫闻不到那种所谓的“老人味”。去年，我那远在泰国的表姐来看她的老姑妈时，还高兴地躺在老人的床上打滚、照相呢？

明天就要回城了，不知不觉发现老人深沉了起来，话语明显少了许多。“儿啊！明天你就要走了吗？你要经常回来啊。”听后，我内心平添了几分凄怆。

又是一个不眠之夜。我静静地躺在自家楼上的地铺上，任思绪漫游。突然想到《圣人训》中的“入则孝”而“冬则温，夏则清”这些事情，不正是我们做儿女应尽的职责吗，而平日这些服侍老人的诸多事情，都是自己的兄弟日复一日地在做……

人世间或许就是这样，生生不息、薪火相传。

故乡的夜，真静，真美，真好！

（2013 年 3 月 16 日写于故乡）

煎熬的生命

从年初二老母亲骨折至今，已有一周。一周来，由于腿部牵引，妈妈躺在床上不能动弹。这对前些日子还能拄着拐杖走来走去的老人来说，的确是一种痛苦的折磨。这些天陪伴在母亲身旁，看着她那越来越小的饭量和日渐消瘦的身子，听着她那痛苦的呻吟以及不能翻身所导致的声声叹息，的确如万箭穿心，也真让人感受到“病来如山倒、病去如抽丝”的万般无奈。

按理说，一个人活到96岁，应算为高龄了。一周前我依然自信地觉得，尽管老人家曾摔过跤，可她眼不花，听力不差，生活上基本能自理，而且胃口特好。然而，现实就是事实，天堂与地狱也仅一步之遥。年初二的一个摔跤，似乎让老人一下跌入万劫不复的深渊，刹那间让老人进入了一个炼狱阶段。老人本来就单薄的身子，越发地消瘦了，手上爬满了细细的血管，眼眶深深地塌陷了进去，取出假牙后的整个脸型仿佛让人辨认不出来了……

深夜里，常常听到老人凄婉的哎哟声，甚至还有“我的娘啊”的呼喊声。试想，一个近百岁的老人，在她痛苦之际，依然情不自禁地从内心深处喊出“我的娘啊”的哀鸣，那是多么的凄凉，多么的伤感，多么的无助。

守候在病床前，看着油灯将尽的老人，真让人体味到生命是如此的脆弱，也让人感受到再老的人也会对死亡心存恐惧，更让人觉得凡正常的人都会对生命有着深深的眷恋。

眼看着至亲的人陷入绝境，痛苦是不言而喻的。但转念一想，一个人犹如一部机器。一部运转了上百年的机器，其零部件肯定地磨损了，老化了，退化了。老人没病、没痛也没住过医院地活到了这个年龄，已经是个天大的造化了。所以，我们兄弟姊妹眼下考虑最多的事情，就是尽量减轻老人的痛苦。

尽管老人气若游丝，可她的思维却异常清晰。对前来看望的人，她几乎都能叫出名字。她交代妹妹说，要保管好她的假牙，等她痊愈后好吃东西。那天摔倒后一躺到床上，她即刻把拐杖放在床边，好随时准备站起来……可现实是残酷的，人命不可违天，老人似乎也感受到了某种意识。昨天，小侄带着儿子上前问候，她伤感地说“老奶奶要走了”；今早，医生给她打针，她平静地问道“我会死吗”？听到泰国的舅舅要来看望她，她越预感到死神的脚步临近了……

“见面怜清瘦，呼儿问苦辛。”回想老母亲苦难的一生以及对儿女们的无私付出，不免让人断肠。

可苍天不留人，人若奈何。人生苦短，譬如朝露啊！

……

（2014 年正月初九于故乡）

料峭春寒夜

怀着急切的心情，我请假后于正月廿七晚10点多，从深圳匆匆赶回了乡下老家。

一进里屋，望着床上不能动弹的老母亲，我久久说不出话来。妹妹指着我问妈妈："他是谁呀？"妈妈深情地望着我，过了许久，她嘴唇颤抖着："你就是我的儿子呀！"我忙不迭地应道："妈，我就是您的儿子，是您的儿子呀。"

自打两周前回深上班后，心里一直放不下我那老母亲。因为年已96岁高龄的老母亲，大年初二因摔跤髋骨骨折后，家里人都往后事方面准备了。按照家乡的习俗，姐姐、妹妹再次买好了新寿衣。邻居老大嫂因要来深圳随儿子生活，提前将送终的"利是"留下了。还有一帮天主教的教友，看到老人病入膏肓的样子，来到病床前念经给老人祈祷。甚至还有人提出，请县城的神父来做临终祷告。只是我们兄弟俩认为有些不吉利，况且也麻烦，故没让神父来。

近日，听弟弟来电说，妈妈的身体恢复得很不错，饭量增大了，气色也好多了。一见面，果然看到老母亲的眼神光亮了许多，原先赭黑色的脸庞，逐渐泛白且红润起来。今早，隔壁大叔羡慕地对我说，你妈的身体基础真好，你们做子女的真有福气。

夜晚12点多，妈妈迟迟不肯入睡。我问她为何不睡，她说肚子饿。我说现在是半夜，她说半夜了也要吃东西。我给老人喂了一大片荞麦面包，吃完后她说还要。我说睡前不能吃得太多，她说要再吃才能睡得着……人老准三岁，此话真不假。当我再喂完半片面包后，她才说她想睡觉了，同时也让我去休息。

不过话说回来，毕竟是一个近百岁的老人，平时里日常起居基本能够自理，如今却一下躺在床上二十几天，浑身的“痛劲”可想而知。加上牵引，老人的左脚不能动弹。故夜深人静时，老母亲还是时不时传来痛苦的呻吟声。

昨晚两点多钟，老妈把我叫醒了，突然问起了我弟弟，我说他有急事往深圳去了。四点多钟，老妈用放在身边的拐杖敲打着床沿，我问她有何事。她说她的脚有些麻，让我帮她按摩。渐渐地，老人的脚暖和起来了；渐渐地，老人安然入睡了……

我思忖着，平日里这些具体的照料老人的事务，都是自己弟弟在承担着，而自己回来一次才算一次，照顾一次才算一次。

坐在床前，望着老母亲日渐消瘦的脸庞，听着她那均匀的呼吸，我竟失眠了。只有窗外唧唧的虫声和远处传来的几声犬吠，陪着我孤独地在料峭的春寒之夜……

（2014 年正月写于故乡）

命如一盏灯

近日，友人相劝说：“命如一盏灯。”

想想也真是的，刚刚跨入猴年两天，96岁的老母亲一个摔跤后竟卧床不起。一个多月下来，老人憔悴了，虚弱了，因牵引而卧床还导致老人长了褥疮，甚至老人的思维时而出现断裂的现象。白日里，换洗时老人疼痛的喊声；深夜间，从病床上传来阵阵凄凉的呻吟声，真让人体味着生命之轻与无奈。

原先总以为，老母亲尽管已近期颐之年，但其日常起居、生活上基本都能自理。我们做儿女的，不敢奢望她能活到外婆120岁的年龄，最起码可以再坚持个年把吧。没想到这一跌，竟把老人一下就推到了死亡边缘。

乡村的夜，万籁俱寂。唯有窗外，蛩吟切切。守候在母亲的病床前，思绪难禁，俨然那抹不开的春愁，那不可预测、不可预知而又是注定的、不可改变的宿命想法，以及对生命的无奈与敬畏，向着近处的原野，向着黝黑的远山，弥漫开来——

人生一世，草木一秋。且看纷纷乱乱人世间：红粉朱楼，贫贱人家。高官达贵，村夫野老。桃红柳绿，连天衰草。管你爵禄高登，管你千金散尽。管你飞黄腾达，管你路边小草。终归是，昏惨惨似灯将尽；终归是，赤来赤去，只留得白茫茫一片大地。

君且记，红楼《好了歌》。

窗外的风，很轻，很暖，它从我的脸颊上轻轻拂过。几颗雨点，漫无目的地敲打着老旧的窗棂。不知从哪里飘来的阵阵花香，沁人心脾，撩人愁肠。

真担心啊！一旦呻吟之声停止，那颗枯老的魂灵，是否会向着天国升腾而去……

（2014年2月深夜于母亲病榻前）

母亲在苦难日里永远地离去了

亲爱的妈妈，孩儿将永远记住这个肝肠寸断、终生不忘的日子：2014 年 3 月 29 日（农历二月廿九）。因为这一天，您匆匆地走完了人生 96 年的路程，永远地离我们而去了。

亲爱的妈妈，早上 7:05，孩儿明知这一天是休息日，可我还是不由自主地给在家里的弟弟去了电话，回话说您如常。10:00，我怀着忐忑不安的心情，又拨通了守候在您身旁的姐夫的手机，询问您的病情，并说我突然想着要回家，姐夫说您的腿脚还热着呢。午饭过后，我骤然间坐立不安起来，有一种即刻飞回到您的身边的感觉。故我决定当日下午乘坐 16:00 点钟班车回家。然而没过多久，我却等到了您驾鹤西去的噩耗。

孩儿真是不孝呀！因为您离去时，我竟不在您的身旁。

孩儿真是追悔莫及呀！为何自己于 5 天前匆匆赶回深圳上班。

亲爱的妈妈，您可曾知道“29 日”这个数字，它对我们儿女来说，是多么敏感、多么心生感激、多么令人动容的日子呀！因为您的 4 个儿女，均出生在不同年月的同一个“29 日”的日子里。我们深知，儿女们的生日就是母亲的苦难日。而您却选择在这样一个日子里离我们远去，真让儿女们的心，如同泰山压顶。那是何等的伤、何等的痛、何等的沉重啊！

遽然，我还惊奇地发现，从除夕夜到您安详离世时止，我们兄弟俩一天不多、一天不少地在您的病榻前各自守候了 29 天。

难道这个“29日”，也是您不偏不倚的刻意安排?

亲爱的妈妈，您这一走，让孩儿倍添了人生如“寄蜉蝣于天地，渺沧海之一粟”的慨叹，可我一点都不愿相信您已经离我们而去。因为在您96年的漫长岁月里，您一天都没住过医院；因为到您96岁的高龄，您在生活上基本依然还能自理；因为您即使在您生命的最后时刻——躺在床上的两个月时间里，除了医治脚伤，您也未服任何药物呀。那您，那您为何急匆匆地奔赴瑶台呢。

如今，您曾用过的衣物被付之一炬，您的房间被清理一空。空荡荡的房间里，只留下一张茶几，茶几上摆放着您的遗像，遗像前搁着几根蜡烛……

母亲在兮，家就在；母亲逝兮，家有殇。

此一别兮，故乡遥；吾思母兮，哭断肠。

我亲爱的老母亲啊!

孩儿衷心地祝福您——息止安所。

母亲一路走好

母亲于3月29日未时去世。因母亲年届白寿，按照族里规矩，将被安置在本族的祠堂里存放两天。当我于当日赶回家时，已经是晚上11点多了。

低回凄婉的哀乐，在仲春的夜空里，显得格外悠远、凄切，声声撞击着我的心扉。亲人们相见无语，大家哀思重重。我看到，妈妈静静地躺在租借的水晶棺里头，整个身子被印制着“基督徒”字样的白布覆盖着。水晶棺前，置放着母亲的遗像。遗像前，点着两支硕大的蜡烛。因要守值两个晚上，我让姐姐、妹妹以及弟媳妯娌回去休息了，好让她们白天当值。

这一夜，我彻夜未眠地席地而坐，想到从此后再也没有妈妈了，妈妈再也听不到孩儿的呼喊声了，心是整个地痛。

夜深了，我坐在妈妈的水晶棺旁，想妈妈苦难的一生，想妈妈几十年来对自己的点点滴滴，想妈妈在去世几天前曾紧紧抓着自己双手的情景，不禁潸然泪下……

我清楚记得，20世纪五六十年代，那时父亲有病，不能挣工分，家里小孩多，生活穷困。为了让我们能活下来，母亲含辛茹苦，忍辱负重。她在出工之余，四处找野菜、挖草根。她把公社化大食堂时胡乱丢弃和浪费的地瓜皮，清洗出来让我们充饥。她自己饿着肚子把谷糠磨细做成“食物”，鼓励我们咽下去。她用一般人家嫌弃、生产队遗弃的化肥袋，一针一线地给我们做“衣服”。母亲一生笃信天主教。那时不准上教堂，她偷偷在家里念经，她教育我们要行善，要积德，要多做好事；即使做不了好事，也千万不能做坏事。母亲目不识丁，但她自己省吃俭用，甚至让我的姐姐、妹妹失去受教育的权利，也要供我上学……

母亲的心地非常善良。即便到了晚年，看到村子里有比较穷困的老人，她会私下里给人家一些钱。教堂里捐款，她总会把我们的名字一起报上，几百几百地捐。凡有乞讨者，她老人家也从不吝啬，家里有什么就给什么。母亲的善举，也许感动了上苍。她老人家出殡之日，正是南方强对流天气肆虐之时。但在村子的露天操场上为她老人家举行的送葬仪式，以及后来骨灰入殓两个时间段，天空竟然放晴，甚至还出了一个多小时的太阳，村民们莫不称奇。

第二天晚上，我们兄弟俩与子侄外甥共 6 人守灵，陪老母亲最后一个夜晚。祠堂里，白炽灯滋滋作响，哀乐如泣如诉。从天井里吹进来的阵阵夜风，让蜡烛流出了串串泪花……

回想母亲去世前的有一天深夜，她眼睁睁地看着我说：“我要死了”，眼睛里噙满了泪水。我思忖着，求生的欲望是不受年龄限制的。所以，我们要敬畏生命，要珍惜生命，要过好当下。同样，孝敬老人也应及早，才能避免“子欲养而亲不待”的悲剧。“老人生前一颗糖，强过死后猪扒羊。”猪扒羊是家乡祭祀先人的一种隆重习俗。这句话的意思是，死后的厚葬倒不如给老人生前一颗糖吃。可见，家乡人的总结，是何等的实在与精辟啊！

在母亲生命的最后日子里，我也看到，亲情永远是老人割舍不断的情怀。尽管她时而清醒，时而混沌，有时甚至不认识眼前的具体人。但孩子们的名字，她能一个个地说出来。她甚至能分辨出她的龙凤胎重孙，哪个是男，哪个是女。

那天，在老母亲被送上殡仪车之前那一刻，在我们夫妇坚决

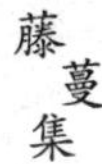

的要求下，我们最终见了老人最后一面。我们看到，老人面部表情依然是那样的平静，那样的慈祥，那样的安然。

我们心里默默祈祷着，妈妈一路走好！

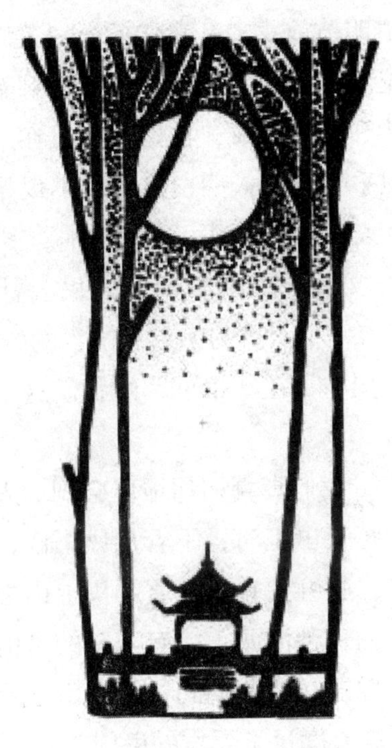

我思我母

——母亲周年祭

母亲是去年清明节前夕离开我们的。三百六十五日，时光匆匆。日出日落，花开花谢。而那撩人愁绪的柳絮，也总如期地在芳草芊芊时，随着和煦的春风，在山野间，在小溪旁，狂肆地飞扬着，飘荡着，似乎要让世人明白：清明不仅是一个千红万紫的节气，更是一个令人悲怆的节日。

幼时，家贫，父病。1958 年成立人民公社，那年我八岁，姐姐十岁，下面还有一个六岁的弟弟和两岁的妹妹。如何活下去，竟成了“生在新中国、长在红旗下”的我们这一代人人生中的第一堂社会课。

公社化后不久，我们真真切切地体会到“人是铁，饭是钢”的滋味。我看到，每天出工时，不管刮风下雨，不论酷暑严寒，母亲总是戴着斗笠，腰缠刀鞘，扛着锄头上山去。那时，她给生产队放牛。而她干的这种活儿，能有一定的自由度。正是这种有一定自主的活，使她能在放牧期间，能漫山遍野地寻找用以充饥的东西，使我们一家人度过了死亡的鬼门关。

那时，山坡上、树林间尚能找到一些充饥的野菜、野果等等。等到大饥荒蔓延时，村子里浮肿的人多了起来，死人现象也出现了，可山野间可供寻觅的东西却越来越少了。有两种东西，成了我今生今世难以忘怀的记忆。家乡人把它叫作“硬饭头”，另一种叫作“猴子结”。前者在地表上长着长长的藤蔓，可供食用的根茎长在至少一米深的地下；后者常长在山崖边或山涧沟渠旁，获取非常困难。

但为了这个家庭的人员能够活下去，我母亲在自己忍饥挨饿的情况下，常常是冒着虚汗，一个劲地往地下掘，不要命地往荆棘丛里钻。因为她知道，家里四个小孩嗷嗷待哺，况且我父亲此时病得已不能劳作了。因为她更知道，如果没有这些东西，家里人就会熬不下去。

而这些东西拿回家后，还不能直接蒸煮着吃。“硬饭头”要把它磨成粉沉淀后，其淀粉才能食用。“猴子结”则要小心地去除其表皮的刺与毛，然后在水里浸泡一段时间。为此，母亲常常忙到夜半三更，累得腰都直不起来。有时，我实在咽不下这些东西，母亲总是含着泪水安慰我：“孩子！慢慢嚼，吃了它，才可以活下去呀。”

公社化时，尽管上头在描绘着宏伟的共产主义蓝图，可对这些连命都活不下去的人来说，讽刺意义似乎大了些。在“万户萧疏鬼唱歌”的岁月里，农村里偷盗现象比较普遍。水稻熟了，会有人冷不丁地捋上几串，偷偷地放在裤袋里拿回家。生产队的地瓜田里，冒尖的地瓜也会不知不觉地消失。其实，民以食为天，贫贱起盗心，这些古训古就有之。也许是自己一是胆小，二是认为是公家的东西决不能去“偷”。所以说，即使在那个饿死人的岁月，自己也从来不敢越雷池一步。看到人家小孩每每有斩获时，母亲总是拍拍我的肩膀：“儿子，你做得对，妈妈支持你！”

多少年过去了，母亲这种朴素的话语，一直萦绕在我耳边，让我终生受用、受益。

母亲没有文化，但在那最困难的年代，她硬是让我念完了高小，又让我念完了初中。许多人对她说，小孩读书就是“读输”，让她劝我退学。可她笑呵呵地打发人家后对我说："孩子，要好好读书，读书才有出息。"1967 年，父亲去世后没两个月，我偷偷跑到学校体检当兵。母亲是旧社会生人，她当然也痛苦，更是悲伤，但她深明大义，毅然让我从军去。几十年出门在外，我极少回家，更没有与老人过个春节。每当有人问起，她总是说儿子忙，已经寄信、寄钱回家了。2004 年，我从北京回到了深圳，离家近了，看望老人的次数多了，可以每年与老人一起过春节了，母亲总是儿子长儿子短地在别人面前说着，夸着……

真是，母爱无所报啊。所以我觉得，承欢慈母前，这是一段多么温馨和幸福的事情。

可上苍设定了门槛，它让我的母亲停下了辛苦、劳累了 96 年的人生脚步，安排她到另外一个世界与我父亲团圆去了。

有古诗曰："慈乌失其母，哑哑吐哀音。昼夜不飞去，经年守故林。夜夜夜半啼，闻者为沾襟。声中如告诉，未尽反哺心。"

禽鸟如此，况且人乎！

人子孝顺心，岂在荣与槁？

而今，那飘零的落红，那漫天的飞絮，都随着那骀荡的东风，渐行渐远而去了，而去了……

（2015 年 4 月写于深圳太白居）

故乡遥

不论是“归雁横秋，倦客思家”的缱绻深情，还是“故乡遥，何日去”的种种惆怅，抑或“天怜客子乡关远”的万般无奈。乡愁对游子来说，是一个永远也说不完的话题。

2015 年 11 月初，我随俗回乡参加“秋祭”活动。

去年初，母亲走完了她 96 年的人生之路，离我们远去了。记得以往回家尚未踏入家门，远远地喊一声：“娘，儿回来了”，老人的脸上总会荡起灿烂的笑容。那时，老人总是坐在家门口的窗户下，或晒着暖融融的太阳，或悠闲地望着天上飞转的流云。而如今，窗户下空空如也，物是人非。一想到自己再也没有亲娘可以呼喊了，心里一下像被掏空似的。

弟弟已将妈妈以往的卧室进行了改造。夜晚，住在妈妈住了几十年的寝室里，睡在新崭崭的床上，心里却平静不下来。想自己出门在外近半个世纪，过去关山阻隔，很少回家。加上在外工作且成了家、交通不便等因素，屡屡“回首乡关归路难”。直到等得自己退休了，回家次数才渐渐多了起来。但此时却已发现，妈妈越发地苍老了。

遵规矩，我们按祖上的辈分排序进行扫墓。墓地离村子不远，但疯长的树木已把通往墓地的山路堵得严严实实。今年上半年雨水特足，加之如今的村民不烧柴火，山坡上、山顶尖、山坳里，到处密密匝匝地长着各种树木。尤其那生命力极强的灌木丛，铺天盖地地向远方蔓延而去。幸好前些年村子为开山修的机耕路，使我们才能够勉强沿着路的模样行走。

先人已去，旧栖新垄。想那曾经的苦难岁月，想亲人们在世时施予于己的万般恩惠与温馨，再想想自身也已“冉冉老将至”，不禁让人平添了“南去北来人老矣”的感慨。

站在高高的山冈上，望着近前的累累坟冢以及连绵不断的群山，多少让人体味着“薪火相传”的深刻含义。谁都知道，这一年接一年的祭祀先祖，它仿佛是在告诉着我们：每个人、每个家族以至于整个民族，大家都有出处，都有源头，都有来路。

请了几天假，要回深圳了。此次心情特别地不同，因为过去母亲在，且别说过年过节，平日里一年都会抽空回去几次。可如今，母亲走了，家里霎时冷清了。子侄外甥们到城里生活来了，弟妹们说不定也会到城里过年了。

一想到这，内心如秋风横扫。那闪烁的邻家灯火，那农舍厨房里传出的亲切砧声，那逢年过节热闹的乡下情景，难道都随着村前那条弯弯的小溪和山岗上那一脉斜阳远去了，消失了？

曾是“万结愁肠无昼夜”，到如今却已“归家梦向斜阳断”。

……

祖屋在，祖宗在。

青山在，根脉在。

远山斜阳秋

这些年世风日下，可在乡下，“首孝悌”“事死者，如事生”这些传统的理念依然根深蒂固。否则，家族会被外人鄙视与不齿。

“杪秋霜露重，晨起行幽谷。”是日，我们兄妹三人扛着锄头、拿着镰刀，沿着早些年村上开辟的机耕道上山巡坟去了。近年来乡下也使用了液化气，山林才得以休养生息。几年时光下来，漫山遍野的草木疯长着。倘若不是请人先把山路的杂草藤蔓处理一下，像我们这把年纪、而少在山路行走之人，真的越来越难给先人尽孝了。

曾祖父那辈的坟茔在更远处的深山里，由于道路阻隔，前些年我们只能遥祭了，此次也只能如此。于是，我们按照辈分顺序先来到祖父祖母的坟前。

祖父祖母的坟地坐落在山腰中间，后面为高耸的山峰。缓坡上，自然而对称地长起了两丛青翠的绿竹，周边为松树环绕。两侧，是两道几百米、长着青松翠柏的山梁，犹如太师椅的两把扶手。再往远处眺望，只见山岭连绵，群峰叠翠，满眼葱绿，天高云阔。

按天主教追思先人的规矩，点上蜡烛，念念圣经即可。没有繁缛的礼仪，也没有三牲的供奉，比起世俗那种祭祀先人的方式要简单得多、轻便得多。我们收拾收拾坟茔周边的杂草，再清理清理墓碑，即表示我们人到、心到、孝到的一种虔诚。

祖母在我没出生前就逝去了，故脑海里一片空白。留存在我

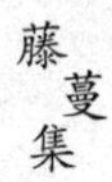

未龀之龄的记忆里，只有一个朦朦胧胧、隐隐约约的白发老人身影。它，就是我对祖父的唯一印象。

看着天空飘着淡淡的白云，想着此前的一天的还有些毒辣的秋阳和此后一天因台风带来的“瓢泼”秋雨，心里感恩着先人们还是很疼爱地庇护着我们。凄凉一片秋声，何处报鸿恩？试想，哪脉家族，哪个家庭，不都是这样一代传一代地而生生不息。从爷爷奶奶、爸爸妈妈到子与孙，再到子子孙孙，无不例外地薪火相传。所以圣人说：“夫孝，天之经也，地之义也，民之行也。”孔子把孝道解释为天上运行的日月星辰，地上自然生长的万物，人类最为根本首要的品行。我们再咀嚼那名传千古的“清明时节雨纷纷，路上行人欲断魂”诗句，或许也可以理解为对传统中华孝道的一种纪实与诠释。

幼时曾听邻居阿婆说，我父亲是一个典型的孝悌之人。他年轻时，因家事与祖母意见不合，祖母曾用镰刀的背面敲打我父亲的脊背。而父亲认为，自己的母亲要责备，就主动俯下身子老老实实地给打（没想到竟终生留疾）。二伯父生性比较暴烈，时有越矩，还听说用砖头打过我母亲。而作为弟弟，我父亲也极尽谦让与忍耐。

我静静地伫立在长满荒草的父亲坟前，心情格外沉重。想着他在世时贫病交加，根本没过上一天能吃得饱、穿得暖的日子。在他病入膏肓时，仍希望我要把书念下去，目的就是想让自己的儿子将来有个出头之日。当他病得最需要营养的时候，他却连家里的一个鸡蛋都舍不得吃，拿着去兑换作为我上学的零用钱。然而，他却未能等到我领取第一份工资的那一天便含恨离去……

面对孤坟，无语话凄凉。虽说人生终须一个土馒头，可命运给予我父亲的，的确是太严酷了、太不公道了。

父亲兄弟三人，大伯父英年早逝，与葬在另一道山梁的曾祖父、曾祖母为伴。因草木阻塞、山道崎岖，我们此次未能前往祭奠。效仿眼下一些人的做法，我们只能遥祭了。听弟妹们说我二伯父临终前，个别族人想瓜分些家产，不断地游说我二伯父立个遗言之类的东西。可我那游走在天堂门口的二伯父却一口咬定，所有家产只留给本脉族人之后。我想，这些都是传统的中华基因深深植根在老人脑海里，听罢让人肃然起敬。

山道弯弯，物是人非。一草一木，却总关情。

如今，时代在发展，社会在进步。荒山绿化了，环境改善了。祭祀活动首先要考虑安全与环保，其次才是礼仪礼节。礼节尽可简单，但“生，事之以礼。死，葬之以礼，祭之以礼”的古训，我们做儿女的切勿荒废，尤其是“生，事之以礼”。如若生前不奉养、死后讲排场，那或许是对“孝”的莫大亵渎。

因为，每一个人的“身体发肤受之父母。”

也因为，每一个家庭都是薪火相传，一代传一代。

更因为，每一个民族，每一个国家都不能忘记自己的根，都不能忘记来时的路。

历史杳杳，往事渺渺。可每一个家族，都有每一个家族的历史。每一个人，都有每一个人的故事。在我幼时的记忆中，祖父的形象只是一个白发苍苍的老人，而他留给我们的却是讲正义、守本分、泛爱众的家风。长大后，听邻里亲戚们说，父亲与祖父一样，有着同样的菩萨心肠，有着同样坚毅的宗教信仰，甚至有着同样的坚守与偏执。在姑妈外嫁“世俗人家”（非天主教）这个问题上，听说祖父曾发誓今生今世不和女儿再相见。父亲则有点愚孝得“谏不入，悦复谏。号泣随，挞无怨”，宁可俯首让祖母痛打，以致成疾。这些刚毅与固执的家族天性，竟或多或少也遗传给了自己，以致人生不如意事十常八九。但生性使然，无怨无悔。

母亲于两年前以96岁高龄离我们而去。如今，她静静地躺在青松翠柏间，躺在她自己熟悉的故土上。想着她年少时被卖身换作路费的凄惨境况，想着她几十年来只能在私下里偷偷思念亲人黯然神伤的情景，想着她中年守寡把我们姐弟五个拉扯成人的苦难岁月，心里无限楚酸……

远山其实就在不远处，皆因人都在此山中。山路似长亦非长，善行者会顺顺当当地走到人生的终点，有一些则只能在途中“折戟沉沙”。毫无例外，人人都得在尘世中走一趟。只是，一代人一代人顺序般地往前走，每一个家族才能把每一个家族的历史代代往下传。

行走在曲曲弯弯的山路上，突然发现自己有些蹒跚的步履，想着同龄人越来越稀疏的队伍，再望望远山的斜阳。你或许会感叹风尘，感叹人生。但毫无疑问，你一定会感叹无情的岁月。“夕阳并非无限好，过好一秒是一秒”不久前出现在微信中的说法，如此直白，如此嶙峋，却又如此赤裸裸。

当你退出工作岗位还心不甘地与人比退休收入的时候，当你鬓发斑白了还要为儿孙事操劳、操心的时候，当你在黄昏时光还感叹仕途失意、自寻烦恼的时候，你是否想过生命是有长度的呢？

“人生于天地之间，如白驹过隙，忽然而已。”

此为先贤、哲人老庄所言。

那么，你感到“忽然”了吗……

（2016 年 11 月 3 日写于故乡）

第三章　窗灯忆旧

朱老走好

2015年11月5日晚，一则新华社的消息跳入了眼帘："原中央顾问委员会委员、国务院新闻办公室原主任朱穆之同志，因病医治无效，于2015年10月23日在北京逝世，享年99岁。"人海茫茫，若无交集，肯定没有故事，没有此文，更遑论双方地位霄壤之别。正是在某个节点上，我与他接触了，认识了，交集了。所以，听到朱老逝世的噩耗，心里还是扑通了一下。

第一次见到朱穆之同志是1987年秋天。

那时，我任桂林市委外宣办主任，正在北京大学国际政治系进修。一天，时任中央对外宣传领导小组组长的朱穆之来到我们班与大家见面，并发表了讲话。其讲话内容至今已所记不多，但其略带江浙口音的普通话，令人印象深刻。尤其是他参加过一二·九抗日救亡运动的经历，陡然间让我们对他增添了几分敬仰。历史悠悠远去，但我们仿佛看到，在北平（北京）大学数千名学生举行的抗日救国示威游行中，有他"不愿做亡国奴"的不屈的身影。在高呼"援助绥远抗战""各党派联合起来"的口号中，有他迸发着青春热血的呐喊……

第二次与朱穆之同志直接打交道是在五年后的1992年。

桂林是个外宾云集的旅游城市，也是一个重要的对外宣传基地。那时，朱穆之同志主政全国对外宣传工作，他拟在国内外宾来得较多的几个城市设立几个对外书刊宣传点，桂林也在朱老的

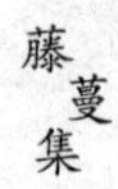

考虑之列。历史的机缘巧合，在物色国务院新闻办桂林对外书刊宣传点负责人时，我进入了领导的视野。

1992 年 4 月 19 日上午，也许是我人生中一个拐点。在广西区外宣办以及桂林市委宣传部领导的陪同下，朱穆之同志出现在我的面前。他先是到地处七星公园门口附近确定为外宣点的地方察看，从一楼走上二楼，边走边向我询问了外国游客来桂林的有关情况，并让我谈谈对对外书刊的看法以及开展对外书刊宣传的意见。听完介绍后，朱老转过身去，与广西壮族自治区外宣办劳振武主任聊了起来，肯定了桂林是一个重要的对外宣传窗口。

就这样，今天留存的相片里记录了这样的镜头：中央、广西壮族自治区、桂林市三级的“外宣头”，在这个普普通通的地方碰了头。随同朱穆之同志一同前来考察的，还有中央外宣小组二局的领导……

半年以后，我的人事关系、行政关系调入了北京。

个中原因，不得而知。不过可以肯定的是，此次调动自己没有送过一文钱，也没有求过一个人。或许在当时那种情况下，曾经发生的一件事需要一个人来负责的话，我就成了负责那件事的那个人了。否则按一般惯例，由最基层的地方调往北京皇城根工作，或许只能用攀登天梯来形容。也许是命运使然。

打那以后，自己再也没有与朱老有过直接的接触。但凡朱老的讲话精神、行动轨迹，我都会倍加关注。后来，他从国务院新闻办公室主任职务上离休。此后，国务院新闻办的领导走马灯似的换人，可朱老作为我国对外宣传第一位掌门人所定下的方针、政策、原则等，在实际工作中仍有着积极的指导意义。

正因为如此，听到这位与自己有过交集的老人走了，心里还是扑通了一下。觉得非要写点什么东西，方能表达对这位尊敬长者的一种思念，一种缅怀。

人活到期颐之年，已属上天恩赐了。

今斯人已去，唯愿朱老走好！

（2015 年 11 月 7 日写于深圳布心）

李香兰与我合影的往事

前些天在家看凤凰中文台，一则《李香兰身世之谜》的字幕映入了眼帘，一看是7月15日该台《纪实档案》的节目。我一边欣赏着节目里头的内容，头脑里不知不觉地涌现出那次与李香兰在漓江上合影的往事……

1991年6月中旬的一天，我接到任务要陪一个日本外事代表团。是时，本人已调桂林市政协海外联谊处工作。因日本参议院外务委员会委员长领衔该团，故全国政协、广西政协、当地政协以及日本驻华使馆均派员作陪。在代表团名单中，我猛然间看到了"山口淑子"这个名字，她不是抗战期间大名鼎鼎的"李香兰"吗？

早前，自己对李香兰的了解是从那首过去认为是"靡靡之音"——《夜来香》开始的，在印象上也是把她排在大汉奸川岛芳子之列。后来，通过接触一些史料，通过看了一些有关李香兰的报道，再看了她《在中国的日子——李香兰·我的半生》这部作品，对这位20世纪三四十年代红遍亚洲的日本籍著名歌星与演员，才有了一些比较全面的了解。

李香兰，本名山口淑子，祖籍日本佐贺县，1920年出生在我国辽宁抚顺。1931年"九一八"以后，在一次抗日集会上，当她与同学们慷慨激昂时，她说她选择的是站在北京的城墙上。她认为，不管哪一边开枪，她都将客观面对。日本侵华期间，她被打造成明星，演出了大量诸如《支那之夜》《白兰之歌》等风花雪月、却又饱含政治含义的电影。战后，她也深刻认识到这些在客观上都是为日本军国主义服务的。她在回忆录里，毫不隐瞒军国主义的罪行。在南京大屠杀纪念馆前，她大声疾呼要向中国人忏悔……

后来，我慢慢认同了她的观点——她是被时代、被虚妄政策愚弄。试想，当人身处滔天洪流时，你一个人又能怎么置身事外呢。

我们知道，1974 年在日本首相田中角荣的劝说下，李香兰出马竞选当上了参议院议员，尔后两次连任一共干了 18 年。此次桂林行，算是她的告别演出，因为翌年她就要退休离开政坛了。

在桂期间，这个代表团基本上是礼节性的会见、觥筹交错的宴请以及舒心快意的走走看看。凡外事接待都有规定，我们每一个人都清楚自己要做些什么，该说些什么。

6 月 19 日，代表团游览漓江。

“江作青罗带，山如碧玉簪。”漓江自桂林至阳朔 83 公里水程，的确似一条青罗带，蜿蜒于万点奇峰之间。此时，适逢漓江丰水期。江水浩浩，穿梭的游船不时卷起堆堆“白雪”。江两岸，青峰林立。一些山峰烟雨氤氲，云雾缭绕；一些则像刚被清水洗涤过，清澈透底。岸边长满了秀美的马尾竹，不断地向游人摇曳着柔软、婀娜的身姿。此情此景，你若用“桂林山水甲天下”“无水无山不入神”等诗句来形容，一点都不为过。

游览过程中，代表团的客人一改这些天来的拘谨与严肃，大家游兴正欢，有的拿起相机频频拍摄，有的不时发出开怀的笑声。我看到，李香兰女士今天精神饱满，神采飞扬，且打扮尤为特别。只见她头上戴着近似越南款式的斗笠，玳瑁眼镜，脖上系着一条白纱巾，上身穿着一件非常艳丽的外衣，真不敢相信眼前这位风姿绰约的妇人，已是一位71岁的古稀老人。

因工作职责所在，当大家纷纷与李香兰女士合影留念时，我在一旁作“壁上观”。这时，我看到李香兰女士与随员耳语后，她径直走到我面前，用汉语对我说：“刘先生，我与你合个影，如何？”我笑着答应走到游船栏杆旁与她合了影。一见此情形，在旁的代表团团长——日本参议院外事委员会委员长，也一把把我拉了过去，并一只手搭在我肩膀上，他让日本驻华使馆的工作人员，摁动了相机快门。

往事久矣！那些瞬间交往的陈年旧事，有时竟在不经意的时刻，在脑海里闪现。

有时我甚至遐想着，倘若东海的波涛能像这悠悠漓水，那该多好！

（2013年7月22日写于深圳）

何日君再来

前些天，突然间从凤凰卫视中文台听到日籍著名艺人李香兰于 9 月 7 日在日本逝世的消息，心头一震。接着，自己赶忙从网上搜索，发现大陆一些官方网站也有这方面的报道，《新京报》还专门发表了文章。

仅仅是因为那年一起游览了漓江，应了那句“百年修得同船渡”所留下的缘分？仅仅是因为她主动邀我合影，让我体会到世界上竟有如此谦和与礼贤下士的名人？仅仅是因为她一口纯正的京腔，让人久久难以忘怀？或许是，或许都不是。但有一点可以肯定的是，二十几年来有关李香兰女士的一些消息、动向，都会引起我的关注。倘若人与人之间没有交集，没有过往，就算你是伊丽莎白，就算你是亚历山大，那又与己何关呢？

回想起 23 年前的夏天与李香兰女士游览漓江的情景，仿佛如昨。如今，漓水依然悠悠南流，可斯人却已“香消玉殒”。你也许会说使用“香消玉殒”这个词或许有些不恰当，毕竟李香兰女士是在 94 岁上走的，但我觉得她的的确确够配用这个词。

出生于我国东北的李香兰，20 世纪三四十年代红极一时。她曾为老上海“七大歌后”之一，她的《夜来香》《何日君再来》，至今仍传唱不衰。她曾出演《富贵春梦》《白兰之歌》等影片，以出众的形象和聪慧的天性，受到观众的喜爱，而成为日本当局所需要的“亲善使者”；她也曾拍过《支那之夜》这一类的辱华电影，但事后她曾作了道歉，说自己年轻不懂事，向大家赔罪，并于当年从“满影”辞职；她于2005年发表长文，劝诫日本首相不要参拜供有甲级战犯的靖国神社，因为她觉得“那会深深伤害中国人的心”。

在整个大和民族与我国隔阂越来越深的今天，在日本社会急遽“向右转”的今天，在日本一些政治家狂躁发飙的今天。同时，也在国殇日的今天，写下此短文，以表示对李香兰女士的深深悼念与无穷哀思。

今宵离别后，何日君再来？

（2014年9月18日写于深圳）

往事悠悠

——回忆与李宗仁后代的交往

一日，浏览凤凰网资讯《中国现代史》栏目。猛然间，一则文章标题映入了我的眼帘——李宗仁幼子：父亲曾深悔1949年没接受中共协议（凤凰网资讯《历史》中国现代史2011年1月13日8:55文史春秋）。

这不是自己以前写的文章吗？这个东西怎会进入凤凰资讯网呢？我赶忙往下看，果然是自己撰写的、刊登在《文史春秋》2006年第9期上的文章《新桂系后人——李幼邻（下）》。

往事悠悠，真让人不堪回首。回想起与新桂系首脑李宗仁儿孙的交往，真还有一些故事……

1989年11月，我从桂林市委宣传部调任市政协海外联谊处。因工作关系，没想到我竟与中国现代史上赫赫有名的桂系首脑李宗仁后人有了深切的交往——

1990年5月，李宗仁原配夫人李秀文百岁寿诞，李宗仁的儿子李幼邻与孙女李雷诗从大洋彼岸归来给老人做寿。许是统战和宣传的需要，当地为国民政府代总统李宗仁的原配夫人李秀文的百岁寿诞，举行了隆重的祝寿仪式。事后，台湾方面也给予了报道。其间，我陪着他们父女俩参加了一系列的活动，并一同回到李宗仁故居的临桂乡下，给他们祖上扫墓。

接着，应湖北省老河口市政协邀请，我陪李幼邻先生沿京广线北上抵武汉，再转道老河口，访问了抗战期间李宗仁驻防老河口近6年之久的“第五战区司令部”旧址，而后沿铁路从枝柳线回桂。

1991年8月13日，是李宗仁先生诞辰100周年纪念日，广西政协在桂林举办了隆重的纪念活动，全国政协、中央统战部均派出大员莅桂。我陪同李幼邻先生参与了活动的全过程，并再次陪同李幼邻先生回到了临桂乡下。

在其后的一段日子里，李幼邻先生住在桂林市叠彩山下的李秀文故居。他多次约见我，与我促膝长谈。谈其家族，谈其身世，谈其人生。当然，也谈到了其情感、家庭与婚姻，他甚至撺掇我写关于他的小说。

1992年9月初，李幼邻先生料理完母亲的丧事后离开桂林返回美国。尽管此时我已离开了市政协，但李幼邻先生依然惦记着我，他托人给我来了电话。9月8日晚，他拜别了母亲的遗像，告别了桂林的亲友，依依不舍地离开了叠彩山下的故居。

此次与李幼邻先生接触，我明显感觉到其身体大不如前，后来才得知癌细胞此时已侵蚀了他的肌体。可在去机场的路上，他依然谈笑风生，还对我说以后每一年都要回桂林住上一段时间。谁料此一别竟成永诀……

本来，我曾答应李幼邻先生试着要给他写书的。就在我用电脑敲出近10万个方块字之时，却突然得到李幼邻先生故去的噩耗，内心黯然神伤。受人之托，又有一诺，内心常惴惴。故思来想去，我摘取了其中的一部分寄给《文史春秋》杂志，以表达对逝者庄重的承诺。没想到《文史春秋》杂志竟连载了两期，更没想到凤凰网资讯还转载了其中的部分。

至此，我内心释然了许多。

今贴上几张旧照，以表达对李幼邻先生的崇敬与追思。

（2013年4月7日写于深圳水贝）

1990 年 5 月 31 日与李幼邻先生合影于湖北老河口

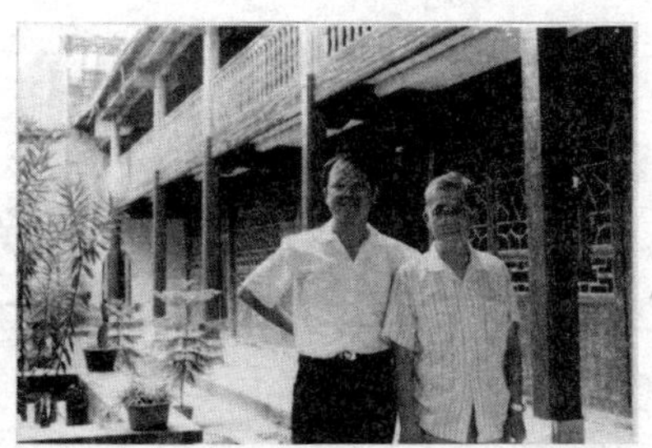

1991 年 8 月 27 日与李幼邻先生合影于临桂两江“李宗仁故居”

1990 年 5 也与李幼邻父女合影于桂林故居

1992 年 9 月 6 日与李幼邻先生最后的合影

光辉粲然天地间

——忆与香港老报人罗孚先生的交往

【楔子】

他曾在江姐（江竹筠）领导下的重庆地下党理论刊物《反攻》做过编辑工作，他也曾长期在廖承志同志领导下在港为我党的宣传、统战工作舍生忘死地努力着。突然有一天，他莫名其妙地被限制了自由，蛰居京城达10年之久……好在历史洗尽了纤尘。

他就是在中国现当代文学史上有着标杆性意义的人物——罗孚先生。

在桂林工作、生活多年，自然会有那种说不清道不明的“乡愁”。否则，“来日绮窗前，寒梅著花未？”这样的诗句，怎会从唐朝吟诵至今。

今年国庆期间，忽听得现居桂林、原国民党《中央日报》记者的一位新闻界老前辈说，香港老报人罗孚先生已患中风，言语困难，他曾去过两封信也不见回复。我心中一震：1997年香港回归前那年我见罗孚先生时，他是那样的温文尔雅，那样的侃侃而谈，那样让人由衷地产生敬仰之情……

罗孚先生本名罗承勋，出生于桂林市独秀峰下王城边的正阳门，其家境贫寒而学习成绩特好，故1941年被推荐给《大公报》的徐铸成，其才华得以顺风顺水，1950年即任《大公报》副总编辑。也许是才子多磨难，1982年，这位解放前就入党的老党员、一直在廖承志同志领导下并被称为“罗秀才”的罗老，由于他自己都不知道的原因，却身陷“缧绁之厄”，蛰居京城达满满10年。尽管他没有入狱而享受着国家提供的优厚的条件，尽管他可以自由交友并留下史料价值的作品。可关在笼子里的鸟，享受再好亦枉然。而代价是，整整10年的时光……

1997年春，我与罗老在香港其寓所见面时，听说是来自桂林的老乡，罗老显得特别高兴和热情。他给我的第一印象是一位和蔼可亲的长者，同时也是一位学识渊博的学者。“君自故乡来，应知故乡事。”所以，罗老问了我个人的工作、家庭情况，问了桂林他认识的老友的情况，还问了桂林其他的一些情况。当我不经意地问起罗老前些年在京城所受到的不公时，罗老淡然地笑了笑，说那都过去了，岁月如同烟尘，有时历史也会捉弄人的。

我知道，此时离罗老从京城假释回港刚刚4年，他竟“心如止水”地一笑了之，半句多余的话也没有。不由得让人对这位1947年参与创办、编辑重庆地下党理论刊物《反攻》、新中国成立后作为当时《大公报》唯一一位中共党员留在香港为我党工作的老党员肃然起敬。也许在老人的心目中，母亲有时也会犯错。

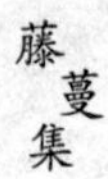

所以，当孩儿的不能责怪太多。

好在历史洗尽了纤尘。当他在离开《大公报》30年后重新踏入报社大门所受到的隆重欢迎时，当北京的中央编译出版社日前出版其套装7册的《罗孚文集》时，当夏衍老人说给罗孚出书是一件好事、巴老说对罗孚“甚为好感”、病榻上的黄苗子为其文集题写书名时，我们终于看到，浊者自浊，清者自清，历史自然有其公论。

古人曾说，祸兮福所倚，福兮祸所伏。命运之神也往往不是一个人所能把握和掌控的。没想到蛰居京城10年，罗老成了事实上的“专职”作家，其思想中源源不断地流淌出或深沉，或冷峻的元素，当然也有道不尽的忧伤和对现实的无奈。这些，无不闪烁着灿烂的思想之花，都成了留给后人宝贵的精神财富。

作为新派武侠小说的催生婆，作为周作人作品在多年沉埋之后重见天日的推动者，作为新组建三联书店的谋划者，毫无疑问，罗老在中国现当代文学史上，绝对是一个有着指标性意义的典型人物。

早前听桂林友人说，2008年罗老回桂林时，拜谒了桂林的“老倔头”——梁漱溟先生的墓地，而后他坐着轮椅上了飞机。今又得知这位德高望重，年已93岁的长者身患沉疴，心中平添了无限的怆痛。

唯祝——罗老安好！

（2013年10月27日写于深圳水贝）

天地一沙鸥

——怀念柴泽民先生

诗人臧克家在一首诗中写道："有的人活着，他已经死了；有的人死了，他还活着。"在我心中，我国首任驻美大使柴泽民先生虽然已经逝去几年，可他的不平凡的人生经历，他的音容笑貌，他与你相处后所留下的印象，会久久地在你的脑海里萦绕并不由自主地让你产生景仰之情。

那是 1999 年 8 月中旬，由本人在北京供职单位主办的第四届全国世界语大会在桂林召开。柴老作为中国世界语之友会的会长，主持、出席了此次会议。

柴老是我们单位的"老熟人"了，自他 1935 年在西安学习世界语以来，几十年来一直致力于世界语的宣传和推广。所以，我们大家对柴老都非常敬重。

此时，尽管柴老已经是八十又三的人，可他敦实的身材，奕奕的神采，一眼就让人感受到西北汉子那种特有的气质。一见面，柴老就对我交代说："我们作为中央的单位，此次在桂林办会，一定不能给地方上添麻烦啊。"一句开场白，就让我对这位 1933 年就参加革命的老同志肃然起敬。

可没想到，此次办会却引起了莫大的麻烦。当我按壮族程序向当地有关部门报告时，市里却不敢定夺，于是便向广西壮族自治区外宣办报告。这样一来，事情就显得麻烦了许多。于是乎，桂林—南宁—北京，电话来回折腾。

当时会议面临的情况是，一方面全国各地的参会人员源源而来，另一方面广西方面却始终不松口。在这异常尴尬的情况下，我急得满头大汗，嘴里还不时地嘟囔着……

一天，柴老拍着我的肩膀说："你别着急。地方上小心谨慎也是可以理解的，也有一定的道理。但我们最终还是要相信组织，相信上级会处理好的……"看到柴老神色自若，仿佛让人联想到在抗日战争最艰难的时刻，柴老带领着八路军康杰支队在敌占区孤军作战，曾冒险穿过 20 万敌军的层层封锁回到太行山八路军总部的情景。此时，你不得不佩服，姜的确是老的辣。

如柴老所料，事情最终得以解决。

此次会议，单位领导出于勤俭办会的原则，会址选在远离桂林闹市区东面一个叫作三里店的地方，各方面的条件都比较简陋。当我对此次安排发表不同意见时，柴老止住我的话说："单位领导因考虑到很多世界语者均自费而来，所以为减轻与会者的负担，做出这样的安排是对的。再说了，开会无非就是大家聚在一起，把精神传达了，把事情说一说就可以了。"一席话说得我心悦诚服、无言以对。

在桂林的这些天，我一直陪着柴老。当他得知我也从过军、如今又在外宣战线工作，便笑着对我说是"战友"时，我简直无地自容，这是什么级别的哪对哪啊。因为我知道，柴老在抗日战争期间金戈铁马的

雄风以及在我国外交战线的非凡影响，可谓彪炳史册。尤其是1979年1月1日，世界上两个大国——中华人民共和国和美利坚合众国正式建立外交关系时，作为我国首任驻美大使，他向美国总统卡特递交了国书。从此，柴泽民这个熠熠生辉的名字在世界上备受瞩目。

柴老在桂林时，住假日桂林宾馆。同是军人出身的宾馆董事长闫兄，对柴老的到来给予了无微不至的照顾和提供了各种便利，使柴老感动至极，甚至感到几分不安，可见柴老的自重。在柴老即将离开桂林的那天晚上，时任桂林市委副书记的阳德华拟邀柴老见见面，柴老还以为是我撺掇的。我说，“是前些天为办会手续问题惊动地方大员了。因为你是名人，所以才有这样的安排”。

听完，柴老莞尔一笑。

此次会议后，柴老回到了北京。2010年夏，柴老以93岁的高龄走完了他非同寻常的人生。

一日，读唐杜甫《旅夜书怀》，诗中“飘飘何所似，天地一沙鸥”，无不令人感慨。掩卷沉思，匆匆人生，谁人不是天底下的一只小鸟呢？

但镌刻在我心里的，柴泽民先生始终是一只翱翔于天地间的沙鸥。

（2013年9月11日写于深圳水贝）

我的老首长

每年，我都会抽空赴穗看望一位戎马一生，2004年被授予“开国将士”并有恩于我的老首长。

20世纪60年代末、70年代初，那是一个很特别的年代。部队里常有新兵三个月入党、一年甚至半年就提干的奇迹。而三年时光悄悄流逝，自己依然身着两个兜儿的士兵服，心里的沮丧可想而知。说实话，当时丝毫没有聊发衣锦还乡的狂想，而是倍感到人生前路烟雨迷蒙。

那时，部队驻防广西桂林奇峰镇。营房不远处，奇峰林立，巉岩嶙峋。澄碧而缠绵的相思江水，日夜不停地在营房间缓缓流淌着。但这无限秀美的风光景致，只能徒增自己内心的郁闷与伤感。

记得是1971年5月的一天，时任师党委常委、副师长的老首长打电话让我去找他。当我忐忑落座后，老首长一本正经地对我说，“你是共产党员，你如实给我说个情况，你父亲去世时有没有举行追悼会？”（那时在农村，一个家庭若能享受到追悼会的待遇，说明了政治合格）一听老首长单刀直入地问这个具体问题，我心里一下明白了：我命犯小人了。当老首长得到我肯定的答复后，拍着我的肩膀说：“好好干！”事后，师政治部一位广东揭西籍的干事也告诉我，他到过我们大队。也正是因为前后两次外调的结果有出入，才引起了部队干部部门的怀疑。

6月，我终于被提为干部——在师司令部机关当了一名小书记。

其实，人生之路关键的就那么几步。只不过这一步对我来说，要么解甲归田，要么通过军官这个途径再图发展。而这位老首长，正是在这个关键时刻拉了我一把的关键人物……

多年以后，我向他讲述这个过程时，他说已经没有这个印象了。送人玫瑰，手留余香。可他如此帮助我，提携我，成人之美后竟没放在心上，更让我对其为人和品德，多了几分崇敬和感激。

我提干到师司令部当书记后，对老首长的历史才有了更多的了解。1943年，在我们民族遭受日寇蹂躏的艰苦岁月，年仅14岁的他在一个凄冷的夜晚，瞒着家人离开了自己的家乡、参加了胶东16团，加入了抗击日寇的斗争。他曾空手缴获了一支日本三八大盖枪，也曾在1944年山东莱阳孙守战斗中手夺日本指挥刀（此刀现陈列于中国人民解放军军事博物馆）。在解放战争的塔山阻击战中，他接替刚刚在阵地上牺牲的指导员，带领连队用生命与鲜血坚守塔山，出色地完成了阻击任务。在援越抗美斗争中，他带领着高炮团在越南打下60多架美国飞机，受到中央军委的嘉奖。纵观其一生，参战百余次，数次负伤，曾获独立奖章、解放奖章、开国将士纪念章等。

由于军阶的差距，我一般很少与老首长单独接触。可心底无私天地宽的老首长，却时时关心着我，对我钟爱有加。有时他通过警卫员找我办点事，有时让我去他家里坐坐。那时乡下粮食紧张，家里糊口都有困难。其夫人邢大姐知道后，时不时把省下来的全国粮票送给我，接济我家。

这种情，这份爱，在我一生中，将永远成为一种芬芳的回忆，长留在我心间。

1971年部队冬季千里拉练。作为副师长的老首长，没有带上参谋人员，而是直接向师司令部参谋长提出，让我随他出去，说是让我锻炼锻炼。

我清楚记得，那是一个除夕的夜晚，我与警卫员陪着老首长一行三人，身着戎装，腰别短枪，从桂林坐火车赶往柳州，跟上已经先期抵达的野营队伍。因为路程不远，老首长与我们坐在硬座车厢里。当时，整个车厢只有 8 个人。那个年代是崇拜军人的年代，列车长让人端来了热气腾腾的饺子，真让我们真切体会了一次军民鱼水情……

在此后几年的时间里，中国的命运在光怪陆离的状况中扭曲着，动荡着。1973 年 8 月，毛泽东写了《读〈封建论〉——呈郭老》。紧接着，《人民日报》发表了毛泽东批准发表的文章《孔子——顽固地维护奴隶制的思想家》。于是，部队里又掀起了关于儒法斗争的学习。

这对文化程度不高的老首长来说，的确是有点难为他了。

一天，老首长来电话让我去他家。一坐下，他就对我抱怨说，没完没了的政治学习太多了。他让我把《人民日报》上的一些文章好好消化一下，归纳一下，并帮他收集秦始皇和孔子、法家与儒家的有关资料。

在滔天洪流里，很多人只能被动地被时代潮流裹胁摆弄。

宦海沉浮，身不由己。往往一句话，或者一件事，让掌权的主官不悦，随时都可以决定一个人的命运。这位耿直、率性的山东汉子，在一次讨论演习方案时，竟然不知深浅地与上级主官当面顶撞，其结果就是——1974 年他被调离了曾经战斗、生活了 30 余年的塔山英雄部队。多年后谈及此事时，他仍深深表达着对这支老部队的无限眷恋。

此后，我们部队移防到广西贵县；再此后，我从部队转业。“滴水之恩，当涌泉相报。”在相当长的一个时期内，我始终得不到老首长的信息，但老首长对我的大恩大德，却始终萦绕在我的心间。前些年，我听到老首长已经去世的噩耗，心中无限悲伤。在一次战友聚会上，我感慨万千。突然，席间一位战友答话说，老首长现好好地在广州活着呢。

于是，我立马去了广州。离别多年后再重逢，相见时的那种激动与喜悦，不言而喻。望着双方都鬓染秋霜，心中无限感慨。席间，老首长频频倒酒，频频举杯，我们想劝都劝不住。

我看到，老首长身体尚健，而他的老伴却已离去。“人去楼空空寂寂，旧日恩情情切切。”想着当年大姐和蔼可亲的音容笑貌，想着她把省下来的全国粮票硬塞给我的情景，想着老首长越来越苍老的背影，心中的苍凉之感塞得满满的……

（2014 年 1 月 15 日写于深圳）

我为首长出画册

老首长今年 86 岁了，我与他的交往还得从 44 年前说起。那时，他是师首长，我在其属下当个小军官。几十年时光匆匆，当年的上下级隶属，已演变为老人与老人的关系了。前些年，他曾与我说过想出一本个人的纪念册，我当场就满口答应。不料，他考虑之后放弃了。原来，这位善良的老人此前为出版画册一事，曾被一位披着人皮的“教授”骗走了他一辈子的积蓄。至今，老人伤心之余还心有余悸。尽管我当时表态说采、编、印全包，可他怕我在经济上负担不起，迟迟没有答应。

岁月如同上满发条的闹钟，而它的每一个嘀嗒声响，都会在每个人的心头泛起涟漪。尤其对一个耄耋老人的心理来说，其影响或许更敏感、更急迫、更脆弱。毕竟天长命短、世事难料。今年三月事情突然出现转机，赋闲广州的老首长终于答应出版画册了。

于是，我几上广州，整理资料，寻找素材，拍摄照片……

从那一张张发黄甚至有些模糊、变质的照片上，从与老首长一次次的交谈中，我被深深感动了，更被深深震撼了。因为从那不知凡几的资料里以及与老人的多次交谈中，我仿佛看到了在那硝烟弥漫的战场上，有一位小八路在枪林弹雨中冒死前行的身影。我更看到了在几十年的如磐风雨中，有一位矢志不渝的老战士与共和国同喜同忧的高尚情怀以及与时代共同跳动的脉搏。

老首长是在抗日战争最艰苦、最严酷的时期参加革命的（他参加革命前就是县大队的“红小鬼”了）。如同所有的老革命一样，不管是出于对家庭的反叛，还是为了寻找主义与真理，抑或为了填饱肚子，他们都把自己的脑袋系在裤腰带上，都在硝烟弥漫的战场上锤炼着自己的意志，都在枪林弹雨中洗涤着灵魂。一将功成万骨枯，古来如此。一次，他曾黯然神伤地感慨，他的很多战友未能看到五星红旗在天安门广场上飘扬，可他说他自己最后却活了下来。

从老首长《个人参加战斗立功记录》中，我们看到——

抗日战争时期，他参加过打鬼子、斗伪军、拔据点等50余次战斗，被评为战斗模范、爱民模范；

解放战争时期，他在辽沈战役、平津战役、衡宝战役中，参战百余次，数次负伤，荣立塔山战斗大功等无数战功；

社会主义建设时期，他先后两次赴越参战。一次是援越抗法，另一次是援越抗美。他曾率高炮团打下60多架美军飞机，受到中央军委嘉奖。

正因为如此，他曾受到中共最高领导人毛泽东的接见，他荣获了共和国“开国将士”光荣称号，他也获得抗日战争60周年纪念奖章。

“无情未必真豪杰，怜子如何不丈夫？”20年前，他的老伴离他而去，他伤感至极。他用自己胸中不多的笔墨，写诗纪念。“一曲悲歌吟沉痛，举杯挥泪祭黄泉。”那种浓得化不开的情与爱，那种“不思量，自难忘”的缱绻相思，跃然纸上。编印这本画册时，他亲自挑选照片，交代一定要编入其中；为纪念牺牲的战友，新中国成立后，他不止一次利用出差机会，专程到老战友的坟上祭拜，以寄托哀思；他的老首长（曾在广州军区担任领导的老首长）在“文革”中遭受迫害，他的内心也在饱受煎熬，屡屡不能释怀。

以前在部队，本人就听到过他许许多多感人的故事。如，在那吃不饱饭的年代，他把家里积攒下来的全国粮票，无私地接济给那些家里有困难的下属。又如，当一些部属的政审因地方上作梗而节外生枝时，他总是站出来，敢于拍板，并实事求是地给予解决。更如，他破天荒地把连队一位养猪的饲养员大胆地调到身边当警卫员。最后，这位饲养员入党、提干、以正营职转业……

人生之渡靠浮槎，一个人有时往往在关键时刻，需要有人拉一把、帮一把。而这位老首长，就是一个喜欢帮人、助人、拉人一把的人。所以，当他离开工作岗位以后，家里时常高朋满座，也时常"欲行不行各尽觞"。此情此景，你能不感叹袍泽情深嘛！

离休以后，戎马倥偬一生的他，终于有了更多时间从容安排自己了。东北古战场，西南边境线，橘子洲头，秦皇岛外。屐痕处处，天涯浪迹。但萦绕于胸的，始终是他那血肉相连的桑梓情怀。

"美不美，家乡水。亲不亲，故乡人。"作为农民的儿子，老首长对故土一往情深。故乡的葡萄架下，他与亲人们把酒玩盏，一醉方休。故乡的水井旁，他颤悠悠地挑起担子，仿佛回到了孩提时代。故乡的麦地里，他挥镰割麦，体味着父母躬身劳作的劬劳与艰辛。虽然离开家乡几十年了，而他永远不变的，就是农家子弟那颗纯洁的心。

老首长深知，人生日已西斜。可这位曾经在战场上不眨眼的山东汉子，如今也在坦然面对生与死的问题。他认为，日月盈亏，春蚕飞蛾，潮涨潮落，草木枯荣，人生亦然。当然，他也深感油灯将尽时的生命可贵。于是，他静下心来，写了《我第一次见到毛主席》《我有个外号叫作吹破天》《我空手夺了一支日本大盖枪》以及《老妈妈救了我和彭营长》等文章，并在《解放军报》《战士报》上发表。为了给后人留下记忆与印迹，我也把这些宝贵的资料附录在画册后头。

前些年，他的一位老战友在中央军委领导的要位上，我曾让他请这位领导为出版画册写个序或题个词什么的。可这老头“哼”的一声：“我当科长时他还是个参谋呢。要他题词，笑话！”真是个山东老倔头。

原想给画册定名《我的一生》，突然感到不妥，因为这个标题似乎有点终结论的味道。而我的这位老首长，时至今日，依然大碗喝酒、廉颇饭量。所以，我用了这样一个书名——《我之人生》。

不知对否？

（2015 年 6 月 20 日写于深圳布心）

苍穹中的那颗闪烁的星星

——回忆与吴祖光先生的一次交往

1991 年 10 月 13 日至 17 日，全国政协考察团在桂林活动。当得知自己参加此次活动的接待工作时，心中窃喜。因为从团员名单中，我看到了一位多年来一直令我崇敬的中国当代著名的剧作家——吴祖光先生。他那充满才华的诸多作品，他那《风雪夜归人》中那个叫作莲生的人在风雪交加的夜晚悄然死在海棠树下的凄怆情景，以及他那多舛的命运，都让我对吴老充满着无比的好奇。

前几天是集体活动，我注意到吴老话语不多，情绪也比较沉闷。在此之后，我才得知吴老此时已被组织“劝其退党”了。

17 日下午，考察团的整个活动基本结束。突然，吴老提出要出去走走、看看。午饭后，领导郑重地交给我这个任务，并叮嘱我要多加注意。我欣然允诺。

午休后，市政协专门派了小车，车上除司机外就我与吴老两人。这时我发现，吴老一改几天来郁郁寡欢的气氛，话语明显多了起来，问我的情况，问桂林的有关情况，还问国民党新桂系的一些情况。其间，吴老还说了新桂系白崇禧的一些事情，竟让我感到无比惊诧和疑惑……

当我谈起前些年在学习《中国文学史》对《风雪夜归人》的理解时，吴老连连摆着手说，那都过去了。望着面前这位学识渊博的大学者，想着这位才华横溢的才子不寻常的人生经历，心里不知该说些什么。

历史就像开玩笑一样，吴老的家族还真的与新中国的最高领导者有过交往。1945 年，吴老主编的《新民晚报》副刊，率先发表了毛泽东的词作《沁园春·雪》。

1998 年其夫人新凤霞去世后，心情郁闷和年迈的吴老，多次住院，最后终于走完了 86 岁、不寻常的人生之路……

离开桂林的那天晚上，桂林方面在客人下榻的七星大酒店举行了欢送宴会。大家觥筹交错，相谈甚欢。吴老一时兴起，拿起了毛笔题词，索要墨宝者甚众。快结束时，看到我在一旁没有动静，吴老主动写给我一幅：生正逢时。我怔怔地望着吴老，“就这？生正逢时？”吴老拍着我的肩膀意味深长地说：“小刘，你真的是生正逢时呀。”

末了，我送吴老回到他住宿的房间，又是吴老主动提出要与我合影留个念。

听说吴老好友、书画家黄苗子曾赠语吴老：“生不逢时，才气纵横。”可这位老先生却不同意好友的赠语，回赠曰：“生正逢时，死不介意。”

每当我望着那深邃、悠远的苍穹，我仿佛看到，那闪烁的群星中，肯定有一颗就是吴祖光先生。

（2013 年 8 月 6 日写于深圳水贝）

赴邕探"亲"记

甲午"榴花忽已繁"的端午前夕，我特意请了几天假，前往广西南宁看望一位 1945 年 1 月参加革命的老首长。客观地说，此首长并非我的直接上级。当年他在我们师政治部任领导时，我仅为师司令部的一名小军官。再后来，他被任命为师副政委，我已解甲归田。近半个世纪来，老首长一直关心着我，注意着我，帮助着我，我们之间也始终保持着联系。有一年他从广西首府南宁下基层时，曾专程来过我的工作单位看望我。我有空或出差广西南宁时，也总会去看望这位令我敬重的老首长。

我们是乘火车从深圳往南宁的。行前，老首长的爱人、年届八秩又二的离休干部田大姐电话告诉我，老首长关于辽沈战役那本书的样书已经出来了。

西去的列车上，我竟彻夜未眠……

记得 7 年前，老首长已经 78 岁了。他在出版了《沧海横流——新开岭战役》《痛歼桂系精锐之战——衡宝战役纪实》《扭转东北战局之战——四保临江、三下江南战役》三本巨著后，老头竟雄心壮志地与我说还想写辽沈战役。我一听连忙制止，不为别的，就冲他那把年纪、那样的身体。可诚如老首长自己立下的"老牛已知黄昏近，不待扬鞭自奋蹄"的座右铭，寒窗五载，寂寂寥寥，一窗昏晓，真应了古人"鬓白只应秋炼句，眼昏多为夜抄书"那种痴情，写出了洋洋洒洒的 60 多万字的《中国命运大决战——

辽沈战役纪实》初稿。而后，又等待了一年多时间，通过了审稿、审查以及办理相关手续，终于得以付梓并已出样书。听后，既欣然又释然。

老首长住在广西壮族自治区政府宿舍，老两口都是离休干部，住房条件还是不错，只是感觉太清静了些。自他晚年他唯一的儿子车祸丧生后，我们在交往过程中，都尽量避开这个敏感且伤悲的话题。

在邕第一天，老首长与我们尽情交谈，尽管此时他的听力已经有些问题了。但他的思维特别敏捷，思路特别清晰，记忆力还特好。我知道，老首长 1945 年 1 月参加山东胶东八路军，而后参加了辽沈战役、平津战役、南下进军、解放两广等作战，曾立三大功两小功。可四十多年来，他从未在我面前提到过半点所谓的光荣史。他谈得最多的是新中国成立以后各种政治运动的如磐风雨，谈宦海中形形色色、正面与反面的人和事，谈战友间坚不可摧的生死情谊。但他始终萦绕于胸的，是我党实事求是的光荣传统和他为之奋斗一生的崇高目标。

纵观老首长一生，用“多舛”一词来评价或许一点也不为过。

1976年老首长转业到地方工作，历任广西日报社党委副书记、副总编辑，广西区党委宣传部秘书长，广西区新闻出版局主持工作的副局长、党组副书记。但在处理广西“文革”遗留问题过程中，他又不知得罪了何方神圣，岗位越调越偏，职务越变越怪，最后以广西日报“副总经理”的身份离职休养。

白云苍狗，铅华褪尽。老首长痛心疾首地说，一些靠整人的人飞黄腾达了，一些被整的人从此遭受厄运了，这些都不是我们党的光荣传统，这种事情也都不应该发生在自己的革命队伍里。而问题恰恰是，它随时随地发生了，它甚至后果严重地蔓延了。老首长忧心忡忡地说，党内的不正之风正严重地侵蚀着我们党的

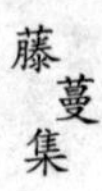

肌体。

人老了，心境渐渐平和下来了。这次老首长坦陈，自己一生，时有逆鳞，教训多多。一则改变不了现状，解决不了问题；二则对自己、对家庭不利。不过，他说他很心痛。

这是一种冷静之后的哲理思考，还是一种直面现实的无奈总结？！

有人说写作是一种痛苦的事业。但作为一个有知识、有文化、有独立思考、有写作能力的人，老首长离休后竟然不甘寂寞地在书桌前打发着寂寞的日子。尤其在他完成了前三部长篇纪实后，仍坚持着要写辽沈战役这个鸿篇巨著。这是一般人不可想象的。

刘振华上将在书中序言所言，“三书完成后，年近 80 岁的李玉生同志，本拟挂锄赋闲的，但在一个‘四野老战士’责任感的驱使下，在解放军报前总编辑杨子才和其他老同志的鼓励下，不甘袖手，又开始了《中国命运大决战——辽沈战役纪实》一书的著述。他知道此书规模宏大，头绪纷繁，写来不易，特做了一个五年写作计划；并于 2007 年再次赴东北辽沈战役故地战场进行实地考察，广泛采访收集资料，力求具体生动地再现当年战役全貌，向当代年轻人线献上一份历史的厚礼。”并说“我非常赞赏李玉生同志这种以宣传东野（后为四野）光荣传统为己任的崇高精神，二十年如一日坚持笔耕不辍的坚强毅力以及‘出精品、不凑合’的严肃写作态度”。

这次在邕，老首长侃侃而谈。他认为，纪实文学实际就是如实地记录那一段历史，客观地反映当时的事件，来不得半点虚构与马虎。对林彪的历史肯定、对罗荣桓在辽沈战役所发挥的作用以及对蒋介石等的有关描写，他对掌握的史料、史实，再三地进行核实、采访、把关，最后才决定取舍。此外，随着岁月的久远，许多当事人也渐渐地在历史的烟尘里远去了。所以，他倍感着“抢救历史资料”的责任。当捧着这本可照尘寰、524页码的鸿篇巨著时，想象着一位耄耋老人在孤灯下幽愁发愤、疾书五年的情景，体味着一位老兵浩然于天地间的“四野情结”，你能不肃然起敬吗?

在南宁的三天时间转瞬即逝。离开的那天中午，我们坚持在老首长家里随便吃点东西即可，可老首长老两口却非要到酒店里安排，并为我们准备了在火车上的水果、方便面等。

“临行密密缝，意恐迟迟归”的诗句，突然间涌上了心头。可不是嘛，不论从哪方面上讲，老首长就是自己的长辈，我们就是老首长的儿女呀。

当我们搀扶着两位老人慢慢走过马路，看着他们步履蹒跚地从大院大门进去的身影，眼睛里不知不觉地模糊了起来……

哭泣的康乃馨

写在前面：

一位身患绝症的母亲刚从手术室出来，身
上还插着5根管子。病床上，她依然牵
挂着她那40好几的儿子……
在母亲节到来之际，发表这篇旧文，以纪
念这位崇高而伟大的母亲——

夜幕下，病房里的白炽灯格外刺眼。在它的映衬下，粉白色的墙壁和漂白过的床单，给整个病房平添了几分肃穆。此时，病床上的病人已经静静地睡着了。除了从空调机里呼呼吹出的冷气声和从吸氧机里传出的“滋滋”声，病房里一片死寂。

在这片白色的世界里，一束耀眼的康乃馨如同冰天雪地里突兀而现的红梅，出现在病床一侧的床头柜上。一眼望去，它是那样的凄艳，那样的抢眼，那样的无拘无束地怒放着。

好大一束康乃馨啊！

我轻轻地走上前去，久久地伫立着，一边欣赏着它那美丽的色彩，一边凑上前去，闻着它那沁人心脾的馨香。它有两种颜色，一种朱红，一种奶黄。奶黄色的花裙边染着细细的长条，长条的颜色也呈朱红色，活像一只只翩翩起舞的蝴蝶。

妻悄悄对我说：“刚才我送花来时，妈妈也许都明白了，她什么都没说，可她的眼睛里却噙满了泪水。”

原来，今天是老人68岁的生日，妻子一共买了68朵康乃馨。她原打算今年借老人生日机会大家热闹热闹，可是昨天手术的结果，却宣判了这位苦难母亲的死刑：胃癌已晚期，且癌细胞已经大面积地扩散了，转移了……

当医生把这个不幸的消息告诉妻子时，她抑制不住自己的心情绪，当场痛哭了起来。可是，当医护人员推着母亲从手术室出来时，她却强装着笑脸对母亲说：“妈，我在这里呢！”

这位老人一共养育了五个小孩。如今，五个儿女都在跟前了。尽管儿女们装着轻松在老人面前谈笑着，但老人心里也许什么都明白了。而且在手术过程中，老人只是局部麻醉，医护人员的交流、分析，她又哪能不放在心上呢。

那晚，妻子和她的二哥寸步不离地守候在母亲的病床前。老人的体质原本就差，加上前些日子不断的检查、吃药、治疗，接着又动这么大的手术，术后一直昏睡着。只是麻醉过后，剧烈的疼痛使老人再一次醒来。半夜里，妻又让护士打了止痛针，老人的呻吟声才渐渐停了下来。

我静静地坐在床边，默默地注视着这位饱经风霜的老人，心里无限凄楚。作为生活在那个时代的一位女性，她如同老一辈的中国夫妻一样，在“人多力量大”的感召下，在争当“英雄母亲”的鼓励下，她也听之任之地生产着人口。直到第五个小孩出生后，她才果断地采取了节育措施。

单说抚养这五个小孩，耗费了老人多少的精力。老大出生后不久，即赶上了“大跃进”的年代，老二出生在1959年，那是个不可想象的困苦岁月；老三生于1963年，虽说那是一个算是政策比较宽松的年代，但那时还是遍地贫穷，老四在“文革”前夕出生……

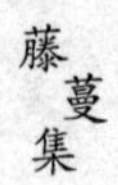

从1957年到1967年的十年间，是她生命中最灿烂的年华。然而，在她最美好的年龄段里，她却赶上了大饥荒的年代和“文革”的岁月。在这一个时期，她用自己的青春为共和国生产了五个人口，同时也为自己制造了沉重的负担。

身处滔天洪流，何人又能置身于外。

时光流转，岁月推移。小孩们长大了，成家了，立业了。用老人自己的话说，她庆幸自己的晚年赶上了一个好时代。如今，她的两个儿子在珠海，一个儿子和两个女儿在深圳，应该说她完全有条件颐养天年。

然而，无情的病魔却把她撂倒了，万恶的癌细胞正无情地吞噬着老人风烛残年的肌体。

病房里依然死寂一片，老人煞白的脸上一点血色都没有，呼吸显得很急促，嘴里时不时地吐出一些秽物。此时我注意到，老人身上一共插着五根管子：鼻子上两根，一根氧气管，一根胃管；肚子上两根，一根腹腔管，一根导尿管；手上还连着打吊针的针头……

忽听得老人轻轻地叹了一声，那只没打针的手有气无力地摆了一下。

妻俯下身子，紧紧握着老人那只冰冷的手，轻声问道：“妈妈，有事吗？”

一个极其微弱的声音，从老人的喉管里断断续续地发出：“哎！你姐姐——也——真是——的。”

“我姐姐她怎么啦？”

老人轻轻叹了一声，依然闭着双眼，眼圈红红的：“哎！你姐姐——也真是——不懂事，她——为什么——要让你的大哥——过——来呢？”

母亲已经病到这个份上了，作为长女通知兄弟姊妹前来看望病入膏肓的老母亲，何尝有错呢？可是，老人此时此刻最为牵挂的就是她的长子了。

因为老人心里清楚：在她五个儿女中，如今就数老大“赤贫”了。大儿子虽已四十好几，可是一直混得不怎么样。他在珠海的一个菜市场里摆了个小摊，前些年生意好时，多少还有一些进账。可近年来生意越来越差，且各种费用却越来越高，几乎难以维系。大儿媳为乡下人，前些日子好不容易托人在珠海找了一份零工，每月也仅是一份菲薄的收入。此外，老大还有两个儿子，一个在广州自费上大学，一个在老家复读、准备再度高考……

枯黄的泪水不知不觉地从老人的眼角里溢了出来。

我心头一热：多么伟大而崇高的母亲啊！

你想想，昨天她还在手术台上进行着生与死的挣扎，如今身上还插着五根管子。她不能翻动身子，不能自在话语，甚至没有力气睁开眼睛，她经历着术后的万般痛苦。在医生宣判“死刑”的情况下，在这通往阎王殿的路上，且离鬼门关不远的时刻，作为一个母亲，她却依然牵挂着自己已经40好几的儿子。她担心儿子因为从珠海来看望她而影响生意，影响收入，从而影响孙子们的前程。

我望着床前那束耀眼的康乃馨：它红里透黑的颜色，如同一团团跳动的火焰，在燃烧，在飞腾。它更如同从老人胃管里、腹腔管里流出来的丝丝鲜血；那一朵朵奶黄色缀着朱红色裙边的康乃馨，多么像一只只飞翔的蝴蝶，正飞快地向天国飞去，飞去……

我仿佛看到，康乃馨在悄悄地流泪。

我的心里也塞满了忧伤和神圣的崇敬。

（2013.5.11 写于深圳水贝）

明月千里寄相思

今年早些时候，泰国的亲人们就向我们发出邀请，希望我们能在泰国一年一度的宋干节（如同我国春节）赴泰，与他们共度新年。4 月 10 日下午，当我与姐姐、妹妹及外甥一行七人从香港国际机场抵达曼谷时，看到二舅、小舅及表姐、表弟们冒着酷暑、不顾舟车劳顿地前来接机，让我们大为感动。

20 世纪初，迫于生计，外公出走暹罗。由于种种的原因，其间与我们整整失联了 70 年。凭借着血缘，凭借着亲情，同时也是上苍的垂怜，让漂泊暹罗的游子与唐山的根，终于在 17 年前的 1998 年连接上了。于是乎，就有了我那 80 岁的母亲与 100 岁的外婆相见的动人且伤感的故事；于是乎，就有了 17 年来双方热络往来的温馨记忆；于是乎，也就有了此次的泰国之行。

在泰亲人现居泰国著名风景区芭提雅不远处的 CHONBURI 府。从机场出来的路上，年已 82 岁的二舅话语滔滔。他用相当纯正的潮州话说，外公去世前曾对他们交代过，唐山还有两位姐姐。因为那时家里太穷，连最基本的生活都保证不了，所以无法回唐山寻找亲人。

外公姓施，在唐山亦属小姓，在暹罗华人中也是沧海一粟。家无翘楚，故当年本人通过泰国的同乡会寻找时，几乎是不抱希望地大海捞针。但爱心与亲情，最终感动了上苍。凭借着刻在母亲脑海里的外公、外婆、舅舅的名字以及故乡具体的资料印象，终遂心愿。经过 17 年来双方来来往往的交往，家族人员的脉络以及外公他们赴泰后的种种心酸与苦楚，终于渐渐明了与清晰。

二舅是用故土潮汕话“俺阿爹”“俺阿妈”的称谓来称呼我外公、外婆的。时光杳杳，岁月朦朦。但那渐行渐远的历史年轮，却无情地记录着我外公、外婆他们被苦难压得直不起腰的凄苦与悲怆，无情地记录着我大舅下海捕鱼与风浪搏击的凶险以及二舅在鸭寮劳作的艰辛。同样，它更无情地记录着我那三个正青春年华的姨妈、一个月之内竟暴毙蔗田的人间惨剧。

从二舅伤感的陈述中，仿佛让我们透过那段凄迷的历史风烟，真切地感受到那一代华人赴泰开疆辟土的艰辛，真切地看到了他们与土著为争夺生存空间所做的殊死斗争。同时，也真切地体会到外公、外婆他们因为贫穷以及其他原因，无法与亲人联系的无奈与凄苦（尽管在外公、外婆墓地的碑文上，用汉字镌刻着唐山故土的具体地址）。

如今，当我们回过头来看我外公、外婆他们初到海外谋生的历史，这正是 20 世纪初为生活所迫、从唐山大地而漂洋过海的

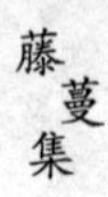

那一代华侨们的真实写照。

在泰期间，年过五旬的三表弟向我们说起了这样一件事情。他说他小的时候，一次，我外公、外婆带着他到一家华人剧院听音乐，当听到《明月千里寄相思》这首歌时，老两口竟然涕泪肆流。回家后，我外公和外婆经常唱起这首思乡曲，而每次总是泪流满面。就这样，这首20世纪30年代红遍上海滩的中国歌曲，竟成了外公、外婆所要表达的一种思乡情愫与精神寄托。最后，它便成了施姓家族的“族歌”……

“悲歌可以当泣，远望可以当归。”可以想象，在那悲苦的岁月，外公、外婆在暹罗混得如此艰辛，一方面要为生存而拼搏，一方面思念着留在故土的两个女儿却不得归。“从此无心爱良夜，任他明月下西楼。”人世间之惨兮，莫过于此。

苍茫夜色下，三表弟打开了手提电脑，这首温柔婉约、凄苦幽怨的思乡曲，在这异国他乡的夜空上，弥漫了开来。此时，在走廊下坐着的、在院子里站立的施姓后代们，无不神情庄重地亮开了嗓子：

夜色茫茫罩四周，天边新月如钩。
回忆往事恍如梦，重寻梦境何处求。
人隔千里路悠悠，未曾遥问心已愁。
请明月带问候，思念的人儿泪常流。
月色朦朦夜未尽，周遭独坐宁静。
桌上寒灯光不明，伴我寂寞苦孤零。
人隔千里无音讯，却待遥问终无凭。
请明月代传信，寄我片纸儿慰离情。
人隔千里无音讯，却待遥问终无凭。
请明月代传信，寄我片纸儿慰离情。

夜色茫茫罩四周，天边新月如钩。

回忆往事恍如梦，重寻梦境何处求。

人隔千里路悠悠，未曾遥问心已愁。

请明月带问候，思念的人儿泪常流……

此次在泰国，我们整整与在泰亲人相处了一周。16 日早上，在泰亲人为我们举行了隆重的欢送仪式。接着，二舅、小舅一行十余人坚持要送我们到曼谷国际机场。合影留念，拥抱话别。末了，年过八旬的二舅紧紧拉着我的手说，“外甥啊！明年你再来看舅舅吧。”

我眼睛一热，默默地点头。

直到飞机直冲云天，二舅那蹒跚的脚步，表姐、表妹们噙在眼里的泪水，始终在我眼前跳跃、打转……

真是：门外若无南北路，人间应免别离愁。

（2015 年 4 月 23 日写于深圳布心）

桂林叠彩路一号忆别

金风摇曳着，可甲午年桂林的桂花却迟迟不肯开放。9 月 29 日上午，我来到了位于叠彩路一号的原国民政府代总统李宗仁原配夫人李秀文的故居。

这是一座建于抗战年代、颇为典雅和气派的两层小洋房。它坐西向东，庭院、阳台、花台、保姆房，一应俱全。尽管解放后位于房子东头的车库被侵占，其基本格局还是被保留了下来。

故居的东面已被封堵，北侧开了一扇小木门。门上留有一个拳头大小的洞口，一根绳子连着檐下的铃铛。我熟练地拉响铃铛，一位保姆模样的妇人过来问明后，便让我进去了。

没过多久，年届古稀的原代总统李宗仁的侄孙李立之从楼上下来。老友相见，分外激动。不过，打踏入院门起，我发现院子里各种草木似乎更野性了一些，给人徒添凄凉、荒野之感。入屋后，我见到客厅里的摆设依旧。只是当年墙上挂着各种各样的照片和许多名人的题字、题词，如今全被撤走。空荡荡的客厅墙壁上，最引人注目的只有李宗仁与其原配李秀文的两张镶在镜框里的照片。从交谈中得知，与我亦非常熟悉的李立之父母也在这些年先后故去，顿时让人塞满"人去楼空空寂寂"的莫名惆怅……

都道世俗繁华，往事不堪流连。可人是有情之物，那陌上花开，那堂前飞燕，那孤影远去，总会或多或少地让人成殇，让人心碎，让人久久地萦绕于胸。

1991年年底，我从桂林市委宣传部调往市政协海外联谊处后，就与叠彩路一号、代总统的原配夫人李秀文、代总统的儿子李幼邻结下了不解之缘。

白云苍狗，岁月匆匆。翻开那些发黄的笔记本，查看当年见诸报端的一些报道，猛然间我才知道自己与他们李家的交往竟一幕幕涌上心头——

在叠彩路一号，李幼邻先生每次从美国回来探亲，都住在故居的楼上。因为他坚信桂林是他父母的桑梓地，是他李家的根脉所在。在他生命的最后时刻，我又一次陪着幼邻先生回到了其故居的两江浪头村乡下，再次陪着他为其祖上上坟，并应他的要求，在他家的后院水井旁，留下了这位海外游子在故乡的最后一张照片。

在叠彩路一号，李幼邻先生曾与二女儿专程从美国回来为百岁老母亲做寿。广西区政协、区党委统战部以及桂林市、临桂县各级领导前来祝寿，让这位民国代总统的后人涌动着绵邈的乡思。

在叠彩路一号，李幼邻先生把我当作可以交心的朋友，我也把他当作可尊敬的长辈。我们彻夜长谈，我们共度老妇人仙逝的哀伤。我更清楚地记得，1992年9月8日傍晚，李幼邻拜别了母亲的遗像，告别了桂林的亲友。这一天，我手拉着李幼邻先生跨出叠彩路一号的院子大门，登上已在门口等候的汽车。岂料此一别，竟是与幼邻先生的永诀。

“世事不堪回首，梦魂犹绕天涯。”岁月无情，天长命短。如今，老夫人走了，老夫人的儿子走了，老夫人的侄子、侄媳也走了。曾记得，老夫人百岁寿诞的热闹场面；曾记得，幼邻先生在孤灯下慨叹人生、掏心掏肺的话语；曾记得，代总统的孙女雀跃在乡间小道上的美丽身姿。而如今，物转星移，人去楼空。当年的繁盛，早已随着漓水滔滔南流。这一切，真的恰如“往事如烟，

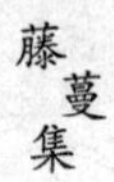

尘缘似露……飘萍冉冉如飞雾。”想想世事纷繁，过去的再美好，终归已过去，终究是回忆。看人间熙熙攘攘，忆故人我来你往，到头来都免不了一叹：世间纷扰，万事皆空。

临走时，李宗仁侄孙李立之先生送了我一本画集。他在序言中说，其此生“尝尽了人间的酸甜苦辣，练就了坚韧的毅力和宽阔的视野”。寥寥数语，道出了大陆解放以后几十年来的如磐风雨，对其以及对这个家族的深刻影响。

我心有不甘，凄凄然地在当年与幼邻先生父女的合影处，在依然草木葳蕤的院子里留影纪念，并从多角度拍摄了国民政府代总统原配夫人故居的外景。

节后匆匆回深，事情一忙，却忘了去问：今年桂林的桂花盛开了吗？

（2014 年 10 月 18 日写于深圳水贝）

我之 1968

【楔子】

人生匆匆，转眼间就走到了夕阳西下。闲来无事或夜阑更深时，总会无缘无故地胡思乱想，说雅一些叫遐思吧。有时仔细想想，人生之路就那么关键几步，不论是爱情还是仕途。随着年岁的增长，总想看看人生在每个时期自己所迈的每一个脚印，是深？是浅？也总想倾听自己所走过的脚步声，是轻？是重？如今，政治清明了，顾忌当然少一些，下笔当然恣意些。况且它是真实的，是客观的，是与己关联的。

先说说我的 1968 年吧——

当人生的年轮不断叠加时，总会回首一些不堪回首的往事。毫无疑问，1968 年是我人生年轮中一个重要的节点——我从军入伍成了一名解放军战士。

旧时，有“好铁不打钉，好男不当兵”之说。但当历史走到这个拐点的时候，当兵需要“好男”了。因为，这是一个唯成分论的年代。而对自己来说，当兵可是一种不得已而为之的唯一选择。

1968 年 2 月 23 日的下午，我犹如在易水边“风萧萧兮”地告别了亲人，离开了生于斯、长于斯的故土。因为母亲婆娑的泪眼、小妹的悲凉酸楚以及小弟的稚嫩天真，一直萦绕在我的脑海里，并随着我来到军营，久久都不能化解。

何处话凄凉?

中国人民解放军陆军41军第123师，在解放战争的塔山阻击战中名震天下，当然是林彪麾下的一支劲旅。此时，部队驻训广东揭阳馒头山。新兵连三个月后，我被分配在师直属队警卫连2排4班。那时，觉得自己能在这样一个英雄的部队里，感到无比光荣，真有鹞鹰一跃冲天之感。

四十几年时光匆匆过，但当时连队的群像始终清晰地印在我的脑海中。我清楚记得，连长叫邓庆炎，广东五华客家人，给人印象干练利索，虽为军事干部，却生着一副白净的脸庞，可军事项目出奇得好。倘若没有两把刷子，想必师里首长也不会委任他在这样重要的连队当连长。当1969年年底我们调防广西桂林后，他却留在台山烽火角的新部队了，据说后来升任至团参谋长，再后来转业在广东佛山。连队指导员叫张传珍，湖南口音很浓。在当时的政治环境下，政工干部与军事干部不免有些冲突，我们时有耳闻。尽管当时连队以粤湘籍兵源为主，可我觉得这位湘籍指导员对我这个广东兵还是不错，我对他后来的情况不甚了解。我的排长是来自广东揭西的李统

育，他于60年代初入伍，比我们年长几岁，像兄长一样，待我甚好。1969年他去广东江门“支农”时，还特意带上了我，让我记忆犹深。班长叫张德潮，1964年入伍，河南方城县人。我们入伍后，其夫人来队，带来家乡的土特产，让我们这些新兵蛋子高兴了一阵子。

铁打的营盘流水的兵。岁月悠悠，物是人非。可那绵绵不绝的战友情，总会在你经意不经意的时刻涌现出来，让你回味、咀嚼，久久不忘。

我们这些来自艰苦地区的农家子弟，很快就适应了部队的生活。其中，感到最明显和实际的是生活上的变化：每月45斤大米的定量、每天0.485元的伙食费标准。它真真实实地让一个从未吃过饱饭的年轻人知道，终于能吃饱大米饭了，哪管有没有下饭的菜呢。所以，当听到一些来自富庶地区的新兵，因过不惯部队的生活当逃兵时，我们内心还直怪他们思想觉悟低呢。

在广东揭阳驻训将近一年后，部队开拔前往省内的台山县。

如果说1968这一年还有事情需要记录的是，那年建军节之际，家母、家姐忍不住思念之情，突然来揭阳营房看望我了。她们来到连队时，我还在哨位上执勤；另还有值得一提的小事是，那一年我从每月6元的津贴中，总共在银行存折中存进去了我此生第一笔“巨款”——30元。

（2013年12月16日写于深圳水贝）

别了，馒头山

虽已进入“落星初伏火”的时节，可炽热的阳光依然毫不客气地炙烤着这片富饶的南国大地。清晨，我早早地来到深圳罗湖汽车站，希望能搭上前往粤东揭阳的早班车。不过，还真应了“在家千日好，出门半朝难”那句话，我却只能坐上前往潮州的过路车。之所以这样急匆匆，我就是希望能在参加广东省全省老年体育工作会议之前，回到位于揭阳市白塔镇馒头山，我那别离了46年的部队营房看一看。

东去的客运班车在喧嚣的都市里慢慢地收客，可我却恨不得让车轮飞起来。曾记得诗人贺敬之离开延安10年后重返故地时，写下了这样的诗句——“身长翅膀吧脚生云。”如今，我心或许也是如此。

转入深汕高速公路后，汽车飞奔了起来。碧绿的原野，纵横的河沟，广袤的平原，车窗外倏然而过的万千景色，丝毫勾不起我半点的兴趣。只有那滚滚的车轮，把我纷乱的思绪带回了那遥远的岁月——

1968年春天，有一位正处“舞象之年”的农家子弟，放弃了30元月薪的代课老师待遇，在其父尸骨未寒的情况下，瞒着家人偷偷跑到以往就读的学校，完成了入伍体检，直到第二天要离开家乡时才告知家人，毅然决然地撇下年已半百的老母亲和分别为16、12、6岁的弟弟妹妹，兴高采烈地胸佩大红花，入伍到揭阳馒头山去了。

不用说，当年这位 18 岁的年轻人正是 46 年前的我。

当时，整个潮汕地区或许是全中国都处在吃不饱饭的年代。每当我在部队吃着月标准 45 斤、白花花的大米饭时，想到家里常常因断炊而要东家求西家借，想到弟妹们尚幼、挣工分少、经常遭人白眼，想到自己的妹妹竟穷困得连一天学校都没上，我常常会情不自禁在执勤的哨位上，或在夜深人静的夜晚里躲进被窝里偷偷地抹泪。幸好那时士兵邮信，不用邮资、盖个邮戳即可。否则，每月 6 元的战士津贴可想而知？多少个闷热的夏夜，多少次昏黄的灯光下，多少回连队允许请假外出的节假日，我只能把对亲人深深的愧疚与无穷的思念，存入尺笺，让情感释放，让清泪肆流。

好在这些梦魇在历史的时空中慢慢遁去了！

班车从深汕高速公路转入揭阳方向后，偶尔间能看到一些低矮的、灰暗式的、方方块块的典型潮汕民居。但扑入眼帘的大都是千篇一律却又参差不齐的水泥建筑，心中顿时涨满了难以言状的惆怅。

离开揭阳馒头山的部队营房多年了，那里情况现在怎样。

岁月滔滔流逝，可我依然清楚记得，当年部队驻扎在馒头山，自己所在的警卫连就在公路一侧。营房前是一片稻田，对面有一个很大的布满黄土和沙砾的练兵场。师直属队通信营的营房在我们右侧，司令部、政治部、后勤部三大机关则坐落在我们连队后方。走过一个小凹地，再上一个小土坡，便是师首长的宿舍。作为警卫连的主要任务，就是保卫师首长及师部三大机关的安全（那时尚未设立装备部）。

突然间，班车在去往揭阳的路口停了下来，司机把我们放下了。赶到揭阳宾馆报到后，我便迫不及待地赶往了馒头山。揭阳

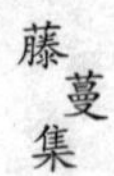

城区离馒头山只有 20 多公里。车窗外，望着一个个熟悉的地名路牌，而自己脑海里已全然无印象了。时过境迁，沧海桑田，真让人平添了“时光若水去，匆匆人生履”的无限慨叹。当自己的思绪还在飞转的时候，的士司机告诉说，只能在此下车了。

这就是我当年在这里当兵驻扎过一年的地方吗?

只见公路左侧，威武庄严的营房大门，高高耸立着。挺立门口的拒马桩，陡然间显示着军事禁区的壁垒森严。那头，有两位似乎是军官模样的执勤者，一直往这头观察着，注视着。哨位上，有一位士兵持枪站立。哨位后头，则是一个传达室。

我边走边与卫兵打招呼，并在靠近的过程中，为安全起见，我特意将右手扬了起来，免得人家以为我装着相机的挎包里会有什么秘密而遭不测。在传达室门口，我苦口婆心地向他们说明了情况和来意，并把身份证掏了出来，说只想入营房大门看一眼或者在营房门口照张相留念，回答只有一句冷冰冰的“不行”。

曾记得当年，营房周边没有围墙，百姓随时出入其中。印象尤深的是，这里的农民用一根长长的铁丝用来戳桉树树叶，作为居家燃料，可见当时农村之穷困。每天，连队都有值班员。尽管偶尔也会出现军装或军帽丢失的现象，但基本上还是军民鱼水情深的氛围。那时，解放军打下江山还不到 20 年，在人民群众中还享有比较高的声誉。而今我看到，紧闭的大门，威严的卫兵，令人恐怖的拒马桩，让人深深觉得秦时明月、汉时关山，早已随着历史的硝烟远去了。

公路左侧的营房大门不让进，我不甘心地转往了公路的右侧。同样地，这里也建起了大门，只是规模小了些。不过，这里的卫兵和蔼了许多，客气了许多。尽管他也没能让我入内，但我的心情似乎好受了一些。因为自己曾在解放军这个大熔炉里混过十余年，深谙军队的纪律，卫兵执行纪律无疑是对的。

无奈之际，失望之余，我只好一个人沿着横贯营房中间的公路彳亍着，张望着，沉思着。此时，夕阳正透过密密匝匝的树丛，洒下斑斑亮点。我看到，营区铁丝网上爬满了各种青藤，许多副业地里长满了青草，猪圈的顶棚已经坍塌，到处出现了荒凉破败的景象。可以看出，这些年部队大裁军留下的影响是显而易见的。

太阳下山了，雾霭在营房外的原野弥漫开来。在回揭阳城区的路上，我默默无语。怀着极大的兴趣，本想到馒头山追寻此生18岁青春的痕迹，不料竹篮打水一场空，徒生“伤心雾霭，遣离魂断”之感。

夜深了，地处一隅而又人气不旺的揭阳宾馆，显得几分凄清与宁静。心有所思，久不能寐。不知怎的，我竟毫不自量、杞人忧天地想起来一些不该我们平头百姓考虑的严肃问题：大裁军后，那些闲置的、空荡荡的大片营房谁去打理，那些数也数不清的军产如何处置，还有最近反腐中揭露出来的那些大大小小的军中老虎……

长河渐落，晓星将沉。不知哪家窗口里，传来了《寒鸦戏水》的潮州乐曲。那舒缓、一板一眼的节奏，那清雅、悠扬的曲调，那表达着或深情激越，或缠绵悱恻，或忧闷思恋的句句台词，仿佛也让人置身于初春乍暖还寒时节、寒鸦点点斜阳里的那种美丽画面里。

难忘的1968年啊——因为它是我人生的起步之年。那一年，我被评为“五好战士”。

这就是我1968年的馒头山大事记。别了！馒头山。

（2014年8月30日写于深圳水贝）

白果巷5号忆旧

白果巷是桂林市象山区中山路一侧的一条偏街，濒临风光秀美的榕湖。白果巷5号原址，据说是国民党桂系白崇禧警卫营营长的别墅。大门东侧，为两层红墙小洋楼。中间一栋是卫兵住所，楼上通铺，楼下是6个单间。西侧，是一排厢房。院子不大，却勾勒出这座别墅的精巧与雅致。

或许是别墅身份的特殊，新中国成立以后，它充为公产，先后成了中国人民解放军47、43、41三个军（现称集团军）下属师的招待所。1969年年底至1971年10月，1972年春至1973年冬，我先后两次在白果巷5号的招待所工作……

都说人老了，总喜欢忆旧。不久前，我回到了那阔别多年的白果巷5号。一看，当场就傻眼了：白果巷5号的门牌依然张挂在大门一侧，突兀而现的是铁桶般的六七层楼高的住宅，据说这些住宅是军产集资房。原先所有的一切印迹全无，真个“物非人非”了。

一位女保安拦住了我，听我说明情况后她极其通融地让我进去了。我沿着房子四周逼仄的“巷道”，慢慢地走着，慢慢地看着。坦率地说，拢共才那一点点面积的地方，拆掉了旧楼，再加上院子那一点空间旮旯建起的房子，能有什么模样呢？

在白果巷5号门口，很痛苦地拍了一张照片后，我默默地离去了。

那里本是部队官兵、家属的一个中转站，更是广大官兵的精神家园。因它离部队的营房尚有二十几里地，那时往来营区只有一班公共汽车。一般干部出差、探亲中转，家属来队接与送，莫不驻足于此。所以，它不知盛满了多少痛彻心扉的离愁别绪，也不知记录了那个年代多少特殊的印痕和多少悲欢离合的故事。

可如今，既无“桃花依旧”，也无“蓦然回首”，一切都已灰飞烟灭。

已经入秋了。桂林是一个四季分明的地方，夜晚颇为凉爽。可心中有事，就是不能入眠。白天在白果巷 5 号所看到的情景，四十多年前在白果巷 5 号所经历的点点滴滴，竟像过电影一样，一幕一幕地在眼前闪现，在脑海里翻腾、滚动。

1969 年年底，我们部队从广东台山调防桂林后，我从 123 师警卫连与一名新兵来到白果巷5号的招待所。那时，部队刚刚换防，北京总部的，军区、军部首长和军区、军机关的，加上本部干部的来队家属，使得白果巷 5 号的招待所，成天熙熙攘攘，川流不息。幸好那时自己还年轻，也还算肯干。想着能吃饱饭填满肚子，光这一条你还有什么理由不好好在部队干呢？

在那个特殊的年代，人说解放军是一座革命的大熔炉，此话或许不假。“党叫干啥就干啥”，就是那个时代人们的普遍认知。在白果巷 5 号，我第一次看到像马尿一样难喝的啤酒、几块钱一瓶的茅台酒和味道怪异的皮蛋，我感受到了以前在连队看不到的都市景况，我更看到多少年轻夫妻长亭短亭、不忍别离的悲伤情景。

在白果巷 5 号，我还学会了一般男子汉不曾涉足的女红……

那时，招待所没有洗衣机。所有的蚊帐、被套、床单等物，全靠我们两个兵仔的双手。桂林的冬天很冷，我们的双手常常被冻得通红通红的。为了节约用水，我们经常是在大大的脚盆里搓好肥皂后，用三轮车把要洗的东西拉到西门桥附近的桃花江（漓江支流）边去漂洗。此外，缝洗浆补诸活，我们在白果巷附近一位老大娘手把手地训练下，竟也能应付自如。尽管很苦，很累，睡眠也很少，但心里很甜。因为那是一个充满激情的年代，也是自己一段活力四射青春岁月的写照。

那时，招待所的编制是：一名指导员，一名管理员，一名给养员，一名炊事员以及我们两个招待员，再就是两位地方上的厨师。大家来自五湖四海，的确是一个“革命大家庭”。

指导员姓张，对我甚好。他是一个参加过抗美援朝、与罗盛教烈士同为战友的湖南籍老兵，因患骨癌被截除了一条腿，成天拄着拐杖。47 军 141 师调防后，把他移交给了 43 军。43 军 127 师在桂林只匆匆待了一年即调防，又把这位残腿的指导员留了下来。因 141 师解放后长期驻训桂林，张指导员与一桂林女子成了家，并有了三个男孩。1970 年木棉花开时节，在师政委的安排下，我陪着张指导员乘坐飞机前往广州军区总医院。在那个年代，平生第一次坐飞机，那个兴奋与激动难以言状，竟不知天高地厚地写下了一首至今想起来都感到脸红的打油诗：“昔日老孙游太空，今朝战士乘飞龙。啊！又到了广州，南国木棉火样红。”其时的年轻气盛以及莫名的虚荣，可见一斑。很遗憾，天长命短，病魔还是把这位抗美援朝的老兵带走了。

管理员姓何，湘籍人士。一天，其在乡下的妻子突然来队。当我们兴匆匆地表示庆贺时，发现此君脸上并无喜色。原来，我们发现其妻的五官长得实在紧凑了一些，鼻梁又有点塌陷，真有点让人平添了“好汉没好妻，懒汉娶花枝”的慨叹。何管理员是一个性情中人，为人热情豪爽，且好酒，一醉就会“痛说革命家史”。在张指导员去世后的一次醉酒中，他竟一把眼泪一把鼻涕地把张指导员的三个小孩叫到跟前，跟他们吼着：“你们不是桂林人，你们是河南人呀！你们不要忘本啊……”那神情，那话语，那似醉非醉的样子，任四十多年时光匆匆过，竟让人感觉就像发生在昨天一样。

那时的桂林城，规模比较小。“东西一座解放桥，南北一条中山路”便已概括。晚上，街上很清静，行人也很少，甚至在街上行驶的几辆小车，我们都能远远认出来。多少回，在月明星稀的夜晚，我们骑着单车，从阳桥经古南门，绕着榕湖，慢慢地转悠。多少次，在桂花飘香时节，我们在桂树丛中孤芳自赏，静静地看着桂花在秋风中簌簌地飘落。更多时候，我们则把忧郁的目光投向那深邃而缥缈的夜空。因为，我们每一个人都在考虑着自己的明天。

虽处“文革”时期，但那时桂林的社会风气相对比较清纯，军队的领导也相对廉洁。作为前后任的“桂林第一公主”，尽管是比我们小几岁的小妹妹，但她们都极有礼貌，见面时都是“叔叔长叔叔短”地喊着。她们身上，几乎看不到现在社会所充斥的那种浮华之气，也看不到有特别的骄奢淫逸的东西，与今日的“官二代”“富二代”简直不可相提并论。还有，那时我们师的师长一连生了四个姑娘后仍不罢休，他把临产的夫人送到招待所后，就下部队去了，是本人用人力三轮车，把师长夫人送到象鼻山下的解放军第 181 医院生产的。想想看，一个统领着一万多人的一师之长，竟然把临产的夫人托付于一个士兵，这在当今社会是否可以想象呢？后来传闻说，当这位师长得知又是“一朵金花”时，他气得把电话话筒都摔了。当然，此为传闻。还有一天晚上，上文说到的那位何管理员身体不舒服，我用三轮车把他送到 181 医院，医生一检查说他一点都没事。此时，我觉得自己倒有些不舒服，医生帮我量完体温后就立即不让我走了。就这样，本人至今的唯一一次住院，就是在桂林解放军第 181 医院的走廊上度过的三天。

当我第二次去白果巷5号工作时，已被提升为一位小军官了。然而组织上的此项决定，对我个人而言是一个重创。因为，本人虽不敢说有鸿鹄之志，但真真切切地不想在招待所这样一个职位上谋事。然而，组织上的决定你又能奈何……

俱往矣！这些陈芝麻烂事，都随着早已消失的青春，随着历史纷乱的烟云，随着越来越模糊的记忆，渐行渐远了。

最后，我想用最近刚看到的一句话，作为本文的结束语吧——

斑驳的岁月，却让一颗忆旧的心，依然停留在昨天那清晰而感动的世界里。

（2014年10月26日写于深圳水贝）

夕阳西斜鬓边霜

早春二月一天下午的一个偶然机会，我回到了别离 48 年的母校——饶平县第一中学。

我的心怦怦直跳：离校前夕修葺一新的文庙可好？教室门前两排金凤树长得可欢？宿舍门前那棵硕大无比的龙眼树可在？……

当我彳亍地踏入了多年来萦绕于心的母校校门时，却恍如到了一个陌生世界——除了兴建于明朝成化十三年（1477）的孔子文庙依然寂寂地矗立在校园广场一旁外，余则物非人非了。

我是 1963 年 7 月至 1966 年 7 月在母校完成初中学业的，故留在我户口本上的文化程度，永远是初中的学历。因为我觉得，故乡母校给予我的初中文凭，才是我此生最珍贵、最值得纪念、最具有“1”意义的学历符号，其余的则皆为零。

我注意到，校园里越发地拥挤了。因尚未开学，校园里不免有些凄清。我在文庙前踯躅着，沉思着，也时不时地操起相机、选个角度拍照着。只见被建筑群包围的文庙，显得越发苍老与破败，越发与周边环境格格不入。当年我们在校期间，文庙重修时那种满园芬芳的樟树香味闻不到了，文庙前面两排相向而对的教室及其门前高大的金凤树不见了，文庙后头那棵大龙眼树也找无踪影了……

我心凄然。

曾记得当年修建文庙时，有一首雕刻在梁上（或许是题写在壁上）的诗词。近半个世纪了，而今它依然深深地镌刻在我的心头：

春游荒草地，夏赏绿荷池。
秋饮黄菊酒，冬吟白雪诗。

那时，觉得这首诗无比清新高雅，其中的意境竟那样的令我神往。而现在，我扶着一副加大度数的新配眼镜，怎么也找不到它在何方。只见那幅“烟头虽小，火患无穷”的横幅标语，突兀地横亘在眼前，格外地惹眼，活像爬在白馍上的苍蝇，有点亵渎文庙似的。

这所建立于 1924 年 2 月的县立中学，曾经引发了多少传统中国家庭“书中自有黄金屋”的美梦，曾经成为多少莘莘学子的梦寐以求之地。我久久地注视着这座历经近半个世纪风雨侵蚀的文庙，心里竟涌起了阵阵凄楚。

因为在我求学的这三年时光，正是我们国家由于“三面红旗”导致的大病初愈时期。而自己作为家里长子能到这里求学，代价是家里的兄弟姊妹全部被剥夺了受教育的权利。我每两周要徒步往返 36 公里，回家拿着家里人从嘴里抠出来的 10 斤左右的大米和 1 小罐炒得焦煳的咸菜（因为没油），作为我半个月维系生命的全部内容。有时家里米缸空空如也，便东家借西家赊地凑上几斤。学校食堂当时每个月 3 元钱的菜金，它只能是我们穷家子弟梦中的奢望。有时周末回家饿得走不动路了，便会从口袋里拿出一点咸萝卜干，再喝上几口山泉水。更羞于启齿的是，三年初中期间，我们竟“马屎皮面光”地没有内裤可穿，有时还要穿着姐姐的衣服去学校。

因为营养不良，我们身体发育不良。因为身体发育不良，青涩的青春从未有过任何的幻想。即便校园里开满了鲜花，我们这些乡下穷小子们也只能是远远地闻“香”而已。

所以说在这三年里，我真真切切地饱尝了现实的苦难，实实在在地领略了人世间的冷暖。当然，苦难让人深沉，让人玩命地发奋读书，也让人学会了感恩……

好在苦难的岁月都过去了。

太阳偏西了，我往后山的操场慢慢走去。记得那里有一条鹅卵石铺就的小路，曲曲弯弯地直通河边。路边芳草萋萋，树荫匝地。在校园与村民交界的围墙上，爬满了密密麻麻的藤蔓。这些藤蔓经常结一些我们叫不出名字的果实。我更清楚记得，因那时学校缺水，老师们也常带着我们从这里走向河边去洗澡。

可今到后山一看，操场也完全面目全非了。周边的许多大树不见了。操场场地虽被拓宽，可不见有任何的所谓现代化设施与设备。操场一侧，尚未完工的观礼台，正停着工歇在那里。有碍观瞻的两根柱子，矗立在观礼台的中间，似乎总让人觉得设计上有问题。后山通往河边的小路也被封堵了，学校从后山与校外的联系被一堵围墙阻隔了。

我独自在后山操场上慢慢地走着，慢慢地看着，慢慢地想着。

枯树新芽，风带旧寒。只见一抹斜阳，正不慌不忙地隐入西边的群山。你尽可“送飞鸟以极目”，但你能“怨夕阳之西斜”吗？

你能感慨白云苍狗、“唯有鬓边霜”吗？

别了！让我心生一堆愁绪的那抹斜阳。

别了！我亲爱的母校。

醴醪同学情

如今，各色各样的同学会愈行愈盛。不过，让一帮离校半个世纪的老同学相聚，似乎有点传奇、夸张。不知是应了唐朝诗人韩愈诗中说的“少年乐新知，衰暮思故友”所言，还是受当下流行的时尚、时髦所致。

一天，手机里传来一个非常陌生的声音，自我介绍说是某某。某某不就是1966年初中时的同学吗？回答是肯定的。天呀！50年光景过去，竟有老同学相寻。

2015年11月初，我回故乡赶赴“同学会”。

无情的岁月，已经流逝了50个春秋。除了依稀记得同学名字外，根本辨别不出同学当初的模样了。当十几个布满皱纹的老脸聚集时，真是满堂白头吟。

从1963年到1966年，我们班上共52人在县一中整整念了三年初中。此后，自己从军入伍，后转业到地方工作。几十年出门在外，很少回家。大家天各一方，联系也少，根本不知同学间的情况。此一聚，方知一个班的同学中，竟然走了14人。班上

仅有的5位女同学，已有两位长辞于世，其中的一位还曾是自己的入团介绍人。想着这些享受不到天赋年寿的同学，不免让人唏嘘。

在交谈中得知，全班同学现在只有不到10人在领着薪水过日子，生活基本上有所保证，其余全是“脸朝黄土背朝天”地在

乡下待了几十年的老农民。时至今日，一些人穷困得买不起代步的摩托车，还有一位同学终生未娶。他们中，大都用的是老年手机，除了接听电话，多数人不用QQ，不懂微信。想想这些并非“所志在功名”的老同学晚景，想想这些生活在“中央苏区县”（前些年我们县被认定为中央苏区县）子民的生存状况，真是无语。

在那个年代，拥有初中文凭，可谓小知识分子了，可命运并没有垂青于这一代人。他们中或因家庭成分高，或被卷入“文革”浪潮，或困居于乡下，故所能选择的发展空间极为有限。城里招工，也轮不到这些乡间小子。在铁桶般的环境里，只有从军这条路给那时的农家子弟带来一丝曙光。据统计，全班同学有六七位“投笔从戎”，提干者只有一二。

离晚餐聚会还有时间，几位热情的同学非要用摩托车（因为没有小车）搭我去校园看看。坐在蹦蹦跳跳的摩托车后座上，沿着曲曲弯弯的小街小巷，心中百感交集。想想都市的灯红酒绿，想想土豪们一掷千金的奢靡，不知怎的，我脑海里竟然莫名其妙地涌现出“朱门酒肉臭，路有冻死骨”的诗句。

校园已然不是原先的模样了。除了我们离校前修葺完工的文庙（学校大礼堂）外，教学楼被夷平另建了，宿舍区变成了楼房，后山的操场也被改造和改建了。即便是文庙，经历了50年的风风雨雨，如今也已呈老态龙钟的状态。飞檐翘壁以及雕龙画凤的樟木雕刻，许是经费的原因，至今都没有修复。被移至舞台后墙保护起来而幸存的孔子泥塑，如今也孤零零地置放在庙内。望着空荡荡的文庙大厅，望着残破的屋顶及凋残的桁梁，伫立瑟瑟秋风中，让人如鲠在喉。

从校园出来后，摩托车沿着古县城略显破败且拥挤的街道前行，我们来到离校园不远处的城隍庙。这不是原先的粮食加工厂吗？同学回答说：是。原来，明朝朱元璋为了加强神权统治，各级官员赴任时都要向城隍庙宣誓就职，其规模不得小于府县衙门。于是，这座“饶平城隍大过府”的城隍庙，以其规模之大、规格之高为潮汕地区古建筑所罕见。“文革”期间，这样的“封资修”当然得为工农兵服务了，所以被当成粮食加工厂使用。当它从“文革”的阴霾中喘过气后，渐渐地恢复了原貌。如今，各种妖魔鬼怪的形象造型，各类恐怖阴森的刑罚样品，栩栩如生，触目惊心。总让人有不寒而栗之感。庙中游人很少，管理人员在一旁悠闲地泡着工夫茶。看来，要把此处作为旅游景点开发，尚有很长的一段路要走。

接着，摩托车一溜烟地跑到了位于这座古县城南联村的“道韵楼”。据资料介绍，这座城堡式的建筑为我国迄今被发现的最大的客家土楼，故为全国重点文物保护单位。其实，在此客家土楼居住者非客家人，而是清一色地讲着潮汕话的潮汕人。

因一同学的外婆家居于此，看门者免了我们的门票。随着向导，沿着曲曲拐拐的楼道，我们登楼俯瞰，的确被这座有着400多年历史的土楼震撼。虽历经了几百年的风雨侵蚀，黄土夯筑的墙体依然矗立，主楼八角的棱角相对留出的8条巷道清晰可见，卵石铺就的广场以及楼内共有32口井的设计，让人不得不惊叹与折服。

晚餐就在公路边的普通餐馆，摆了两桌。自己虽非土豪，但总有一份工资收入吧，想掏腰包埋单，可受到当地同学的坚决拒绝。喝着自酿的土酒，吃着简单的菜蔬。大家觥筹交错，把酒换盏。话说当年同桌的你，聊聊几十年来的各自沧桑。其实大家心里都明白，同学们见面，见一次就是少一次了。渐渐地，那种“少年离别意非轻，老去相逢亦怆情。草草杯盘共笑语，昏昏灯火话平生”的悲凉况味，在餐馆里，在言语间，在大家的神情中弥漫开来。

没有“李白乘舟将欲行，忽闻岸上踏歌声”的浪漫，也没有“何当共剪西窗烛，却话巴山夜雨时”的缠绵，更无“劝君更尽一杯酒，西出阳关无故人”的豪情。别离时，唯有两依依。

“百年修得同船渡，千年修得共枕眠。”五世，该修得同窗读吧。当韶华已逝，鬓染秋霜，同学间能有机会掏心掏肺、口无遮拦地相聚相叙，回首漫漫岁月，寻找片片花絮……

人生之乐也，人之常情也。

它好比封存已久的陈年老酒，仍散发着香醇的芳香。

（2015 年 11 月 8 日写于深圳太白居）

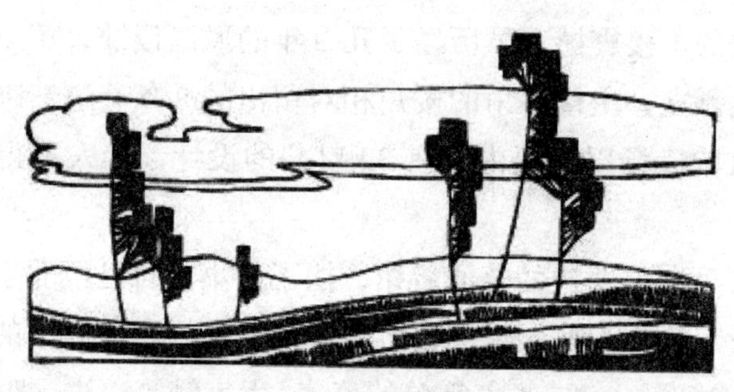

又到“寻梦居”

一晃来深竟有十年，脑子深处总念着远方的一位老友。三十年前，我与他相识、相交于仕宦。可这位老兄不知怎么搞的，先是离开了公务员队伍，后应聘到一家五星级酒店当老总，最后竟下决心回到自己出生的乡下——阳朔旧县村，创办了农家庄园——寻梦居。

今年 7 月，我又一次来到了这座让我魂牵梦绕的农家庄园。

“寻梦居”建在自家的宅基地上，为四层建筑，古色古香，客房里头的设施，对那位曾当过五星级酒店老总的庄主来说，肯定无须赘言。再看房前屋后，均有庭院，树荫蔽日。散养的鸡鸭，时不时在院子里闪现。水池里，临时养放着一些鱼鲜。钟爱兰花的庄主，在水池边的树荫下，摆满了一盆一盆的各色兰花。有几株正吐着蕊，时不时地传来了阵阵的幽香。同时，为了应对暑期到来的孩子，精明的庄主在院子里，围起了一个不大不小的塑料水池，让孩子们有一个戏水的小天地。

傍晚，日暮的烟岚若有若无地飘荡在长满庄稼的田间地头。当最后一抹斜阳从天边消失后，遇龙河两边的群峰，如同穿着薄纱的少女，越来越显得朦胧与缥缈。特别是当那些成群的鸟儿归向山林后，夜幕便随着袅袅炊烟笼罩整个村子了。

听说我要进村，弟妹早早地杀好了自己饲养的土鸡，又到邻家菜地里摘了许多自种的蔬菜。这位老兄则穿着背心、大裤衩，在厨房里挥汗如雨。虽说双方都说不宜喝酒，但在这极具乡野情趣的农庄屋檐下，远离了车马喧嚣，听着不远处池塘里偶尔传来的蛙声以及农庄门口边上小沟里的淙淙流水，甚至还能听到庄稼拔节的吱吱声响。身临此境，那种“今朝有酒今朝醉，莫使金樽空对月”的感觉，会不知不觉地弥漫开来，让你沉醉其间。

这里的夜，一切静极了。此时，你可以静静地坐在窗前，任凭清风吹拂，看着萤火虫在眼前来回飞舞。而后探头遥望深邃的夜空，你会发现这里的星星比城里清亮、透明、晶莹。再环顾四周，当那三三两两农舍的灯火熄灭后，这里的一切便沉浸在黑黝黝的夜幕里。

骤然间，你会觉得自己的心肺被洗涤了一遍。平日里，你或为生计步履匆匆地奔忙，或为家庭琐事里外闹心，或为同事间一些鸡毛蒜皮的小事顶真计较。此时此刻，坐在“寻梦居”的屋檐下，感受着这份静谧，这份休闲，这份皇上老儿也换不到的快活自在，你或许才真切体会到“人生若尘露，天道邈悠悠”啊！

天将亮，林子里热闹了起来。此时，你得赶紧爬起来跑到4楼的阳台上，拍几张晨曦里的旧县村全貌。而后，你最好到500米开外的遇龙河畔，在白天的漂流没开始前的时刻，到河边转转。浣洗的村妇，如镜的江面，两岸林立的群峰以及映在河中的倒影，都会让你的心醉起来。接着，你可以沿着遇龙河畔，从村道慢慢地向前走，甚至可以从田埂上有意地蹚一蹚露水。不远处，有一座广西历史最悠久的古

桥。你既可以发思古之幽情，又可以零距离地感受田园之乐。走回村子时，你可以看到有几位来自异域的老外，在村子的“秘密花园”里过着田园般的生活。只要你不打扰他们清晨的美梦，到他们的花园里走走、看看，帮他们打工的“员工”是完全不介意的。你还可以看到，石板路铺就的地板上，间有牛屎，路旁长着杂草，偶尔还能看到一两朵不知名的野花。你更可以看到，有一座残垣断壁的“危房”，那是曾经在抗战胜利后、作为中国首席代表在海南岛接受日军投降的抗日将领黎行恕的故居。

前些年我曾为这位在中外闻名的台儿庄大战中任第五战区司令部副参谋长、李宗仁指挥该战役取得大捷的主要助手之一、后任46军中将军长的故居写过文章，也发了一些照片。可几年过去，全国人大原副委员长程思远先生题写的“抗日将领黎行恕”的石碑依然矗立在故居前，只是故居的主墙坍塌得更明显了，梁上桁架摇晃得更厉害了，庭院里的藤蔓杂草长得更茂盛了……

据说新中国成立后，土改时，将军的故居分配给了贫下中农，梁氏在海外的后裔也从未回来追讨以及找谁理论“统战政策”。况且，县官换了一茬又一茬，可谁也没有心思考虑这个国民党将军故居的问题……

寻梦居开业不久，我了解到，深圳、广州、东莞常有自驾游的游客拖家携小地来此居住。去年春节贵州一位老板一家老小七口，整个春节都幽居于此，最后竟不忍离去，说是今年春节要再来这里享受人间的仙境。

这些年来，我数次往来寻梦居，可以说没有一次没看到老外的身影。庄主“喝过洋墨水”，懂得法语，故常有老外从阳朔县城骑车到此后，坐在寻梦居的屋檐下，或悠闲地呷着咖啡，或大口地喝着啤酒，或专门点名要吃庄主下厨做的饭菜。去年端午那天，我还见到有老外专门跑来向弟妹学习包粽子呢。另外，也有

爱好书法的老外，也会情不自禁地在庄主的一楼书画间挥毫泼墨。

我自忖着，当有一天自己真正闲下来时，是不是要在这神仙居住的地方，好好地与老友品茗，小酌呢？纵然是酒入愁肠，且又何妨呢？是不是该抛却人生中所有的烦恼和遗憾，管它冬夏与春秋地隐于此间乡野，听听鸡鸣与蛙声？是不是该拾起自己的爱好，徜徉于此，捕捉自己感兴趣的云霞，定格遇龙河畔美丽的景色，记录旧县村的风或者雨呢？

（2014 年 10 月 21 日写于深圳贝丽花园）

病 悟

乙未夏至刚过，适逢省里有一场老年人活动在深圳南山区举行。许是酒与海鲜的作用，突然发现脚拇指竟然肿痛了起来，痛风症状一览无余。用药后，肿消了，可胸部、腰间的神经却疼痛不已，浑然不知此时已被病毒感染。

于是乎，赶紧上网查资料，一看压力山大似的。资料介绍说，此种病症患者，在目前医疗条件下，轻的痛数月，重的痛数年，患者苦不堪言，此病已成医学难题，俗称“不死的顽症”。

一时间，似乎乱了方寸，大有“病笃乱投医”之感。不过，惶惑也罢，恐惧也罢，终归得寻医问药。在开始的一周内，昏天黑地地大量服药，可效果甚微，胸内神经依然是撕心裂肺地疼痛，每天要靠止痛药帮助才能入眠。

人是一个非常奇怪的动物。平日里，你可以不逞春光，也可以不悲秋凉。但一旦身有了病，心却安不下来。首先是肉体上的痛苦，继而是精神上的折磨，而后者尤甚。深夜里，当你躺在病榻上，听着窗外玉兰树被风吹得沙沙作响的声响，望着悠远深邃的茫茫夜空。还有在万籁俱寂时，从对面楼上传来的孩儿啼哭声，都会引起你莫名其妙的遐想。

病痛中的这些日子，恰逢股市如过山车般急遽变化。新闻上铺天盖地的报道，股民们跳楼般的心情，政府一招又一招的救市措施。因无涉股市，故冷静得出奇，也冷漠得出奇，真有那种“躲进深山成一统，管他冬夏与春秋”的感觉。而此时，自己最关心、最看重、最牵挂的，莫过于亲情了。亲人的陪伴与护理，兄弟姐妹间的关心问候，以至于后辈们的一个电话，都会在你沉寂的心田里泛起阵阵涟漪。

原来，病中人的心态是脆弱的。

平日里，你可以悠然自得地手捧一卷书、闲暇一杯茶，你也可以舒心快意地听鸟鸣、闻花香，你更可以自得其乐地远离喧豗、南山赏菊。可在胸口阵阵发痛、辗转反侧、夜不能寐时，你或许很难有“天生我材必有用”，或“人生得意须尽欢”那种豪情万丈的感觉，更多的将会是“湛湛长空黑，更那堪、斜风细雨，乱愁如织”的苦痛与惆怅。因为你真切体会到，天涯很远，身体很痛。更因为你心里清楚，人根本把握不了自己的健康。

白天，家人上班了，家里清静了下来，幸好有微信做伴。平时上班忙于事务，一般只在上下班乘车过程中玩玩。如今赋闲在家，有了大把的时间，可以从容安排时间了。但不知怎的，此时的心境总被一种莫名的惆怅与消极的情绪左右。过去看到好的文章，会情不自禁地吟诵，也会尽快地收藏，更会迫不及待地转发。而如今，尽显慵懒之态。像《读者》卷首语 100 篇，像《三字经》注释完整版，像“一任流年落寞，画一场俗世清欢”的这一类美文，只是瞄一下题目而已。甚至还有一些过去认为非常精美，而且值得咀嚼的句子，如“剪一段流年的时光，握着一路相随的爱，把最平淡的日子，梳理成诗意的风景”现在却觉得似乎它有些矫揉造作了。

人在痛苦之时，当然首先最关注的是自己的病情。你或许会自我安慰说，放松一些，放松一些，可在一阵阵疼痛袭来之际，你就是放松不下来。更多时候，你会老想着这种疾病是否像资料上介绍的那样：此种病毒可再次生长繁殖，并沿神经纤维移至皮肤，使受侵犯的神经和皮肤产生激烈的炎症，从而破坏皮肤的深层组织。想想于此，有些毛骨悚然。

其实转念一想，这也是人之常情。人在痛苦中，有多少人老记着韶华时光，有多少人老记着长安蜂蝶，又有多少人老记着少年扬州梦。一切的一切，也并非全是“杜郎老矣”，而是身体上的疼痛，直接影响着你的神经。

只有待疼痛感渐趋缓和，只有待伤口结疤，只有当病愈后跨出自家门槛，看着窗外苍翠的绿色，看着在操场上踢毽子的老人们，甚至看到头顶上火辣辣的太阳，你才会倍感亲切。只有当你实实在在地病过，且被疼痛折磨之后，你才会真正体会到：健康地活着真好！

所以，人病后或许该思考一些问题：人活着是否少烦些“梧桐更兼风雨”之事，多考虑些所剩不多的人生时光；是否少算些“平生只恨聚无多”之金钱，多记些“死后何曾在手中”之古训；是否少计较红尘情缘的厚与薄，多想想到头来终归寂寞如烟、镜花一场的结局。

过好当下吧！

当然，人要敬畏生命。

（2015 年 7 月 19 日写于深圳太白居）

弯弯小径石阶斜

——广西壮族自治区书法家协会副主席刘炳清印象

2006年夏，为出版《刘炳清书画作品选》事宜，刘炳清两次莅深。一次承蒙广州军区一位首长的关照，他风光、体面地享受着部队宾馆豪华套房的待遇；一次则是他自己放下身段，甘受着暑天的煎烤，与我蜗居茅舍。在呼呼作响的电风扇下，我们两个年过半百的老男人，一边喝着酽酽的工夫茶，一边海阔天空地神聊，常常聊到灯火阑珊、周遭寂静时。每每回味，惬意无比。

认识刘炳清已有相当的岁月了。20世纪80年代，他在桂林市一家旅行社供职，我在桂林市委机关公干。因为是老乡，更因为两人又差不多同一个时期在美丽的相思江畔当过兵。于是，我们便相识了。直到有一天，从未显山露水的他，竟以他一幅书法作品入选了“国际书法展览”。从此，我才真正开始进入、接触、认识这位书法界的青年才俊了。在以后的几年里，我不止一次地向当地的新闻媒体以及中国国际广播电台，宣传报道了这位青年书法家在崎岖道路上不断跋涉、不懈追求艺术的刻苦奋斗精神，使他的名字在海外潮州人中远播。

刘炳清出生在广东揭阳一个穷苦人家里，父母早逝，他与弟弟从小就跟着姐姐在桂林生活，后来入伍当兵。那是个不堪回首的“文革”年代，他阴差阳错地在部队当了六年士兵而未能提干，他甚至还因为对“毛主席万岁”的标语处理不当，险些被打成“现行反革命”。1975 年他从部队复员后，在工厂干过苦活儿，开过吊车，也当过记工员……

就在这样的逆境中，刘炳清与命运较量着，也为寻求自己人生的另一种命运奋斗着。他在繁忙、沉重的工作任务之余，锲而不舍地跋涉在艺术的道路上。他贪婪地吮吸着古今大家的“乳汁”，学习众家之长，不断补充自己，从而夯实自己的创作基础。

如今，刘炳清拥有许多令人钦羡的头衔：中国书法家协会会员、中国书法家协会国际交流委员会委员、广西书法家协会副主席、新加坡书法家协会评议员……他有近百幅作品入选国内外书法大赛并获奖，还有许多作品立石于各地碑林，并被收藏于各地博物馆、纪念馆。

但刘炳清始终认为，头衔是暂时的，荣誉也是虚幻的。作为一个真正的艺术家，唯有作品才是永恒的、实在的。所以，尽管他已经从工作岗位上退了下来，除了参加非要他出席的协会活动外，他都静下心来，独自享受着那份孤独，困居斗室，一心创作着自己的作品，使自己的情感、才气在作品中得以体现和升华。

桂林书法家吴昌明先生这样评价：“炳清兄的书法大都写得瘦挺劲健，这有点像他那目炯炯而身奕奕、气啸啸而骨铮铮的仙风道骨的外貌。杜甫说：‘字须瘦硬方通神。’通观他的作品，其笔下的线条结实而富有弹性，在劲挺的笔画中显示出老辣开张的笔势和雄强内敛的力度来，可谓清而不弱，秀而不媚，险而不失，沉而不滞……”

有人说刘炳清是一个“杂家”，此话或许不假。他的书法既有草书，也有小楷；除了绘画，他还搞雕刻，既刻字又刻印。而且令人惊奇的是，他所涉猎的这些领域，都让人有着艺术冲击力的效果。看到其新近出版的作品选，你就会深切感到，里面的每一幅字画、每一副对联、每一款篆刻作品，都是他长期以来，在艺术道路上不断修炼、不断完善、不断提高的结晶。

当然，刘炳清这一生也有着不少的遗憾。他自己说最大的遗憾，就是读书读得太少了。所以，他孜孜不倦地学习着，他在不断地吸取古人、今人大家的精髓，用以充实自己，提高自己，从而拓宽自己的创作思路。闲暇之余，他也率意涂鸦，写些抒发自己情感的小诗，当然见仁见智。本文就以他的一首诗作为结束吧：

苍松翠柏伴烟霞，桑浦山边百姓家。
古道风门何处走？弯弯小径石阶斜。

（2006.12.6 写于深圳水贝）

第四章　人生在旅

钓鱼台前秋色柳

今年10月10日的一个偶然机会，我受邀到北京钓鱼台国宾馆参加一个有关家庭急救的公益活动。

回想自己二十多年前调入皇城根下工作时，单位就在钓鱼台不远处的百万庄大街。尽管相隔咫尺，但闲暇时也只能在国宾馆前的三里河路上转悠，在毗邻宾馆的玉渊潭公园里徜徉。望着围墙里头郁郁葱葱的林木，望着壁垒森严的警卫，望着进进出出的各色车辆，对高墙内这座800多年前的神秘建筑，只能望而却步，徒生兴叹。

这天一大早，我们从四环外的住处赶来参加活动，车行整整一个多钟头。北京城的急速发展，已让城内交通不堪重负。穿着统一服装，车头张贴着标志，我们在警卫的引导下，很容易就进了这个往日里可望而不可即的地方。

一踏入这块“堤柳四垂，水四面，一渚中央，渚置一榭，水置一舟，沙汀鸟闲，曲房入邃，藤花一架，水紫一方”的皇家园林，顿时会有这种感觉：金、元时这些马背上获得政权的帝王们，真会找地方，真有好情致。时值仲秋，可受气候影响，宾馆外，水榭边，依然杨柳依依，依然芳菲四溢，袅娜多姿的青葱柳条，在秋风中恣意摇曳着，毫无“草木摇落而变衰”之感。

上车之前，曾有人问过钓鱼台有何典故，幸好之前温习了一些功课，方知玉渊潭此处的钓鱼台，因金代章宗皇帝在此筑台垂钓，故名。实际上，这座皇家园林在历史的风风雨雨中，不断转换着自己的角色。到了明万历年间，这里成为皇帝的京郊别墅。清康乾盛世时，这里辟为皇上行宫。乾隆帝还专门请人将金元时代的鱼藻池旧址浚治成湖，引来西山之水扩容玉渊潭、钓鱼台之水域，并将水源疏通引至阜成门、西直门的护城河，改善整个京城水系，他还亲自为钓鱼台西侧瓮门赋诗题匾“钓鱼台”。可以看出，帝王们在导演滚滚的历史惊雷中，同样纵享着骄奢淫逸的风花雪月。

我们的活动在一个上午，主题是家庭急救。除了一些已退休的原部长级官员外，一位原全国政协领导也出现在这个场合中，多少让人感到意外。

位于钓鱼台东南角的国宾馆 14 号楼，与古建群隔湖相望，有宴会厅、谈判厅、豪华客房，是一座综合接待楼，今天它成了我们活动的场所。在场内我们看到，那些退休官员们正襟危坐，名流们来来往往，记者们前前后后。台上，组织者高谈阔论，颇有鼓动性，煽动性。但总感到言者谆谆，听者藐藐。尤其在会议开始前，老人们各顾各地照着相，大声喧哗，弄得大厅内如同集市。

活动按程序在走，听着听着就感觉其中掺杂着商业运作。尤其在此后的参观组织单位总部过程中，这种感觉更得以印证。11 点不到，我便独自走了出来。

门外，则是另一种风景、另一番世界了。徜徉在这样一个曼妙无比的环境中，你可以深深地呼吸，可以静静地思想，可以心无旁骛地慢慢溜达。警卫只在远处的门口警戒，园内没有人来过问你。流连在古木森森、碧水潺潺、绿草茵茵的仙境里，你会被陶醉，会产生那种“在暮年的黄昏里，静坐庭前，赏花落，笑谈浮生流年”的向往，甚至会涌动莫名的遐思。

钓鱼台这个词，对我们这一代人来说，或许太敏感了。这座黄色琉璃瓦铺顶、雕梁画栋的建筑，在新中国成立后，它被涂抹了多少强烈的政治色彩，它又记录了多少风云变幻的政治符号。

然而，历史总是不以人们意志为转移。1980年钓鱼台国宾馆正式对社会开放营业，终于拨开了那层神圣、神秘的面纱。当拂去那些标记着强烈色彩的种种烟云，当消除了诸多莫名其妙的政治符号，当钓鱼台国宾馆也被人民币、美元包裹时，一切只能用“俱往矣”这个词形容了。

该离开这座原来用竹篱笆围绕而今壁垒森严的国宾馆了。没有“年年柳色，灞陵伤别”的惆怅，没有“唯有垂杨管别离”的离恨，更没有“纵使君来岂堪折”的章台忧伤。那愁眉似的柳叶，愁肠似的柳丝，其实也用不了个把月，在秋风的吹袭下，也只能飞飞扬扬，“高者挂罥长林梢，下者飘转沉塘坳”了。

当跨出钓鱼台国宾馆那一刹那：哦！自己来过了。

仅此而已！

（2015年10月22日写于深圳布心）

东北行拾掇

“秋已经来了，炎热也不比夏天小。”东北的初秋实际上与鲁迅先生笔下所描写上海的闷热并无轩轾之别。尽管 8 月 9 日当我们乘坐高铁在夜里抵达长春时感到些许凉风吹拂外，在东北那些天几乎都是烈日高照，住在房间里，坐在旅游车上，片刻离不了空调。

因是重游，故有“前度刘郎今又来”之感。不过，当乘坐旅游车奔驰在东北大地的时候，我的心魄每每被车窗外的景色震慑。那广袤无垠的原野，那一望无际的大豆和玉米，那零零散散点缀在绿色汪洋中的村落，“地大物博”这个耳熟能详的词语，好像会不经意地涌上心头，并久久地撞击着你的心扉。

与上一次秋天来东北相比，车窗外的景色显然少了许多绚烂。但你能明显地感觉到，此时的东北原野一切都笼罩在绿色的染缸里——不论是嫩绿、浓绿，还是翠绿、墨绿。所有的绿，足以让你的心灵得以洗涤。那漫山遍野正在抽穗的玉米，绿叶上顶着“黄冠”，在微风的吹拂下，像海浪一样向着远处的山冈、向着天边蜿蜒而去；一畦畦长势茂盛的大豆，结着累累的豆荚，在夏秋的阳光与雨水的滋润下，正孕育着丰收的果实；一片片正在灌浆的水稻，也以自己的步伐把自身演变成东北大米……

不知怎么回事，在长春的伪满皇宫博物院参观时，内心竟如灌满了铅。巍峨的宫门，囹圄般的围墙，傀儡一样的日子，也许谁也无法理解清朝最后一位皇帝心中的苦痛与辛酸。似乎只有院子中的那棵硕大的杏树，永无休止地向游人述说着人困其中的凄惶与红杏出墙的无奈。

在伪满皇宫博物院一侧，有一个免费参观的“勿忘‘九一八’——日本侵略中国东北史实”展馆。馆内以阴谋篇、残暴篇、抗争篇三大板块，揭示了我们民族那一段屈辱的历史。那一张张图片，那一桩桩事件，那一件件实物，直刺你的心脏，再让你滴出殷红的鲜血。与伪满皇宫博物院相比，这里游人寥寥，清静无比。走出馆外，看到一座直插云天的烟囱，烟囱一侧横亘着“伪皇宫站”四个大字。

明知暑期出游会有诸多不便，因要参加北京和哈尔滨两场活动，我们只有偏向虎山行了。来到长白山下，看到摩肩接踵的人流，冗长、烦闷地排队，不停地换车、等车、摆渡，真让我们对“假日莫出游”有了更加真切的体会。

我们从北坡上到天池。不论是A线还是B线，到处都人满为患。幸好天公作美，让我们目睹了天池芳容。只见群峰环绕，湛蓝湛蓝的天池水，在阳光的照耀下熠熠生辉。这个雄踞我国东北、也是世界海拔最高的火山湖，似乎没有多少游人对它记录着满清皇朝的故事与水怪的各种传说感兴趣，但当导游员讲到，朝鲜是最早承认中华人民共和国的国家之一，当时的最高领导就把天池的三分之二划归给朝鲜了，我们的心还是“扑通”了一下……

游长白山那天，恰逢暑期加周末，游人如过江之鲫。从长白瀑布到地下森林，一路等车，不停地摆渡。时值正午，骄阳似火。候车的人群中，挤占参队者有，寻衅闹事者有，高声谩骂者也有。公安强行拉绳维持秩序，丝毫挡不住“众怒”。其实处理此事很简单，赶紧安排几辆车把人群疏散就完事了，要那些绳子来“围堵”干什么呢。

在南方，我们见过的江河湖海很多，故对镜泊湖没多少游兴。但今年的镜泊湖瀑布，着实让我们不得不敬畏大自然了。由于今年北涝，汹涌、浩瀚的水势奔腾直下，溅起漫天水花，翻滚的波浪，形成雪白雪白的浪花，滚滚的波涛在我们眼皮下滔滔而去。我们“啪啪地”拍摄这种震魂摄魄的场景，当然也忘不了把自己嵌入画面中。

早年，我们曾被《太阳岛上》中“明媚的夏日里天空多么晴朗，美丽的太阳岛多么令人神往”的歌词弄得神魂颠倒。不知是岁月风霜的侵蚀，还是爱情的远逝，抑或理想的遗失，从太阳岛公园出来时，感觉就像到一般公园转悠了一趟，没有留下多少可以引起回忆的印象。

由于历史的原因，哈尔滨素有“东方小巴黎”“东方莫斯科”美名。所以，市内建筑中西合璧，格调鲜明。当你伫立在圣索菲亚教堂面前，当你欣赏典雅别致的哥特式楼宇，当你漫步在欧式建筑林立的中央大街，你或许会有置身异域之感。“俄罗斯风情小镇”是我们此行安排的参观点，里头破败的场景，荒芜的庭院，以及无法让人插足的卫生间，一下让人与1991年“八一九”事件后的苏联联想起来。

我们思忖着，冬天的哈尔滨会怎样？

我们企盼着，边陲的漠河，是否更美？

（2013年8月27日写于深圳水贝）

风花雪月醉大理

曾有文人说："来到苍洱间，捧一壶浊酒，吟一曲长歌，身心皆为大理醉。下关风、上关花、苍山雪、洱海月，大理在悠悠时光中熠熠生辉，渐渐鲜活明朗！"我辈尚达不到如此儒雅的程度，只是留存在孩提时美丽金花的记忆，总会在不经意的时刻隐现。经过几十年的兜兜转转，今年五一前夕因全国老年体育工作会议，才有机会来到金花的故乡——云南大理。

会议几天，我们规规矩矩地正襟危坐，从未离开过会场一刻。但早晚间，我们都会迫不及待地来到洱海边，任清风吹拂，凭垂柳抚腮。且不说时不时会有穿着白族服饰的女子冲你莞尔一笑，就凭那湛蓝湛蓝的天空、清冽甜美的空气，对一个久居喧嚣都市的人来说，便已足矣。

一天傍晚，我们在洱海边的一家餐馆小聚。只见清澈的湖水在斜阳的照耀下，闪着金色的光芒，潋滟着向远处弥漫而去。岸边的垂柳，荡着秋千，在燕子的呢喃里，在和煦的春风中尽情地摇曳着，伸展着袅娜身姿。登楼遥望，不见舟楫往来，不见白族渔姑，陡然间莫名地给人一种单调、寂寞之感。不过，把盏临风，举头望月，还是让人感到惬意无比。酒酣时，用凄迷的双眼，望窗外一泓清水，如处子般地在月光下银光闪闪，柔情绰态，真让人有一种"月上柳梢头，人约黄昏后"的醉人相思。

我们入住在离苍山不远处，不久前刚刚接待过党和国家一号

领导人的苍山宾馆。每日凌晨和黄昏，我们都会久久地伫立

在窗户旁，凭窗远眺。只见，苍山莽莽，逶迤连绵，山势雄伟，波澜壮阔。从资料中得知，苍山南北长42公里，上有19峰、18溪。山顶积雪，终年不化。在离开大理前，我们打的走马观花地用半天的时间，游览了崇圣寺三塔。作为中国南方最古老、最雄伟的建筑之一的人文景观，它背靠苍山19峰，面临250平方公里的洱海。山海之间，阡陌纵横。白族村舍，星星点点。在内地，早已到了芳菲歇尽、快要入夏的时节，可在三塔下，回首远望，却见苍山山顶的山涧里、背阴处，皑皑白雪在阳光的照耀下，闪烁着银白色的亮光，让你惊叹，让你折服。由于时间的不允许，我们未能乘坐索道抵达索道尽头的名刹中和寺和盘桓于苍山山腰全长18公里的玉带云游路，留下了些许遗憾。且由于远观苍山，我们没有看到《大理府志》所记载的高六丈、其质似桂、花白、常年每朵十二瓣闰月却十三瓣的山茶花。想想世间事有时亦然，鱼和熊掌不可兼得。

高原的阳春三月，袅娜的柳枝在洱海边尽情地飞舞着，飘荡着。绚烂的鲜花，尤其是那一簇簇赭红色的三角梅，更是向人们炫耀着无边春色。

此行大理，上关的那种所谓的“十里香”或者“十里香奇树”被叫作“朝珠花”的花，我们无缘见到。但整个大理，都被绿的、红的、紫的、黄的染得色彩斑斓，绚烂无比。

至于“下关风”。据说它冬天时凌厉无比，雄健有力，大有

掀动苍山的气势。但当我们阳春三月徜徉在洱海边时，觉得它竟是那样的温柔，那样的舒缓，如柳丝拂面，如少女柔情。你看它轻轻吹过洱海，也只是在湖面上泛起一道道涟漪，像一条又一条不规则的褶皱，在如镜的湖面上变幻着神秘的条纹。至于下关风为何被列为大理“风花雪月”之首，不得而知，或许就是应了这个词组的排序而已。

大理的“风花雪月”，给人的印象很迷人，很柔美，很浪漫。但当你登上大理古城上的时候，望着厚厚的城墙，望着雄伟的城楼，望着固若金汤的城池，你的思维角度或许会出现转折。

史载，大理战国时为滇国属地。唐、宋时，南诏国、大理国地方民族政权先后在此建都，历经500余年。当你回溯历史源头以及整个历史进程时，你将会发现，这个地处一隅、与中原政权有着臣属关系的蕞尔小国，同样有着骁勇善战的大理武士，同样有着血雨腥风的宫廷争斗，同样也有着令人嘘唏扼腕的历史沧桑……当我们逐渐梳理自己的思绪时，我们可以看到，随着大理的峥嵘消失、繁华过尽，随着历史烟尘的渐行渐远，大理便也渐渐地失去在云南的中心位置。而随着历史的演变，整个云南却牢牢地与中华大家庭密不可分了。

如今的大理古城，城墙巍峨高耸，楼阁直刺云天。城内，游人如织，熙攘往来。林林总总的商铺，各色各样的土特产品，触目皆是。城内还有一条“洋人街”，各种肤色的老外还真不少。望着摩肩接踵的人流，可以看出大理“风花雪月”的迷人以及当地政府做足了旅游功夫……

因要再到滇西几个地方转一转，我们未能在大理作深度游。

别了！温柔的下关风；

别了！朦胧的上关花；

别了！晶莹的苍山雪；

别了！迷人的洱海月。

来年“三月街”盛会，我们再来苍山脚下找金花！

（2015.5.7 写于深圳布心）

感受泰国泼水节

在泰一周，正好赶上泼水节。按泰历，公历 4 月 14 日为新的一年开始（如同我国正月初一）。从 14 日至 16 日三天时间里，不论是在 Bangsaen 海滩一侧连绵不绝的马路上，还是在芭提雅的旅游景点，抑或在 Chonburi 府的大街小巷，马路旁，路口边无不堆满了一袋一袋的面粉（面粉和水之后供人涂抹之用）。一辆又一辆的皮卡车上，满载着一桶桶的水，来回穿梭着。更有甚者，一些人索性从商铺里拉出自来水管，直接往过往行人或车辆尽情喷射……

泰人认为，水象征着清洁，代表着纯净。它可以洗掉所有的灾祸、不幸和邪恶，同时也会给人带来好运和洁净。所以，在泼水节期间，人们乐意被泼，一些车辆也有意减慢速度等待被泼。

当你驻足路边观看这种异国风情时，你会发现，参与者大多为青年人。骄阳烈日下，他们可以几个小时地在那里忘情地跳呀、疯呀，使劲地泼呀，沉浸其中，忘乎所以。许多外国游客，不远万里专程前来，

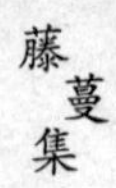

就是要一睹风采。当许许多多说着华语的游客，嘻嘻哈哈从你面前走过时，你当然可以感受到我国赴泰旅游的热度。不过，你得当心随时会有冰凉的凉水从天而降，也得提防冷不丁地有人从你侧面出现，随手往你脸上一抹，弄得你成古灵精怪似的。

泰国已把泼水节作为招徕游客、促进旅游、提振经济的一个重要项目，并为此做足了功课。今年，泰总理府提前举行了新年庆祝活动，一向不苟言笑的总理竟携带夫人出现在活动现场，让人感受到一股清新的气息。在 Bangsaen 海滩，我们看到，为保证车辆畅通，马路一侧停满了各色车辆，以保证另一侧畅通无阻。凡车辆靠近空隙位置，均挂空挡，随时有工作人员上前襄助。在芭提雅旅游点，身着盛装的大象，徜徉在游人中间。如此的庞然大物，与游人同伍，多少让人心悬。至于泼水节期间的交通。从泰国播放的新闻来看，泼水节前夕，全国也曾发生了许许多多的车祸。不可否认，这个时间段是交通的高危期，如同我国春运。但实事求是地说，这与泼水节本身没有关联。不过，在疾驶的皮卡车上坐人或站人，其危险性还是可想而知的。

毋庸置疑，泼水节如同我国的新春佳节一样，已然成俗。它给人们带来欢乐，带来团聚，带来吉祥。

（2015 年 4 月 23 日写于深圳布心）

赣东北掠影

入夏了，已无柳絮因风起了。当我们从赣东北转了一圈回到深圳后，那人间四月天的满目芳菲，那漫山遍野、望不到边际的绿海波涛，那掩映在绿树丛中的白墙黛瓦，竟如村里的小芳，时不时地蹿入梦来。让人回味无穷，让人咀嚼不尽，让人久久不能忘怀。

我们一行十余人从南昌机场出来后乘坐中巴，经余干、乐平往婺源方向进发。江西，古有“吴头楚尾，粤户闽庭”之称，是江南的鱼米之乡。但作为一个拥有 4500 万人口的省份，去年其全省的 GDP 为 14338.5 亿元，与深圳去年的 14500.23 亿不相伯仲，可见其经济尚有很大的发展空间。

中巴车在高速路上疾驰着，路上往来车辆不多，与珠三角繁忙、拥挤的景象形成霄壤之别。车窗外，却是满眼皆绿——碧绿的秧田，青绿的毛竹，黛绿的杉树，翠绿的灌木，浅绿的草地，墨绿的山谷。这无边无际、在调色板上调不出来的绿色，从车窗外的路旁，沿着山坡，顺着山涧，爬过山崖，竟浩浩荡荡地一路逶迤而去。忽地，你会看到一只又一只雪白的白鹭，像雪花一样飘落在秧田间，嬉戏着，追逐着。蓦地，你会看到一丛又一丛的夹竹桃，在高速路旁怒放。而那一片连一片叫不出名字的黄色小花，仿佛给过往行人以秋景之感。

车上，导游向我们讲了关于老表的故事。大意是，朱元璋当

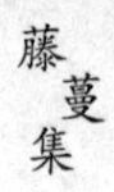

年与陈友谅大战鄱阳湖，开始时屡战屡败。一天，朱元璋落荒到了赣东北的万年县，万年的乡亲用年糕、大米款待了他，帮朱元璋以及他的军队渡过了难关。当朱元璋得知这里的乡亲与他娘家同姓时，遂称之为老表，并说将来若当了皇上，滴水之恩定将涌泉相报，村民们听后相视一笑。后来，朱元璋打败陈友谅并登上了金銮殿。一年，万年县大旱，饿殍遍野，民不聊生，村民们突然想到了当年放豪话的如今皇上。于是，他们派人去到南京城。当受到卫兵阻拦时，村民们直闯大殿，说是皇上的老表来了。朱元璋一听说，赶忙接见、赈济灾民并免税三年……

一通讲解，竟使自己对这位土包子出身的皇上，增添了几分热度。

提起赣东北，不能不说到婺源。婺源位于赣浙皖三省交界，属古徽州。据导游小姐介绍，1934 年国民政府将婺源划隶江西，引起婺源民众不满，一些知名人士还为此奔走呼号，民国政府只得于 1947 年将婺源划回安徽。可 1949 年 5 月第二野战军解放婺源后，又将婺源归属江西。虽说如今大家都在中华民族一个盘子里，可独具特色的徽州文化、徽商品牌、徽派建筑以及古徽州独具特色的民俗风情等，竟硬生生地被割裂了。这对传统与文化的传承来说，该是多大的伤害啊！尤其是当离开赣东北后，这种纷乱的思绪竟如春草，更行更远还生……

婺源的村舍，大都依山傍水而建，到处是山环水绕，到处是亭台楼阁，故被称为“中国最美乡村”。不过，辗转几天留存在我脑海印象最深的，莫过于婺源的樟树了。

我们看到，不论是在清幽的村道边，还是在寂静的山野里。也不论是在曲曲弯弯的小溪旁，还是在村边不远处的土丘上，到处都长满了樟树。在江湾镇晓起村，几十棵树龄均在 300 多年以上的樟树环抱着整个停车场，直径达 5 米以上的樟树有 100 多棵，直径 10 米以上的也有 40 多棵。

村民最引为自豪的有两棵：一棵七八个成人也不能完全合抱过来，一棵树冠覆盖竟达上千平方米。我们徜徉在樟树林中，大口地吮吸着富含负离子的清新空气，并相互吆喝着合影留念。

然而，更令人称奇的还是严田的古樟王。我们是中午抵达那里的，先是穿过一片茂密的竹林，路左边有一间用泥土夯成的纸伞坊，爱美的深圳大姐、阿姨们，竟爱不释手地花些小钱，与琳琅满目的纸伞合影。路的右边，有一座土墙油榨坊，墙上用白粉涂写着“毛主席万岁”，门口两侧还有毛主席语录。乍一看还以为是“文革”遗风，后来才知道是今人所作，总觉得极像《红楼梦》大观园中的刘姥姥。

村子环境很美，很幽静。一条小溪从村边潺潺流过，古樟王就长在小溪边。此时，村子游人寥寥，总共就我们十几条人马，真让人快活至极。我们又蹦又跳地在古樟王下照相留念，又在古樟树旁的石拱桥上“聊发少年狂”。不过，当你静静地伫立在这棵被誉为“天下第一樟”的古樟树下的时候，想到它历经了 1600 多年的风风雨雨，想到它曾庇佑过南宋皇上的传说，想到它一步之遥以大宋官银修建的名为“树德”的石拱桥，你会自然而然地产生一种崇敬以至于敬畏之情。怪不得不久前央视播出的《原乡》电视剧中一个场景，就是以这棵古樟王为背景。那葱茏挺拔的古樟神树，那诗情画意的田园村舍，还有那古色古香的石拱桥以及精美别致的亭台楼阁等，永远地定格在永恒的画面里。

毋庸置疑，婺源的山是青翠的，婺源的水是妩媚的，婺源的每个村子都有古樟树——

那是因为，婺源人千百年来一直信守“树养人丁水聚财”的理念。所以，他们村规里有“杀猪封山”之说，即，村民若砍了山口、水口或禁山的树木，村规规定要杀猪分给全乡乡亲，以示惩罚。

那是因为，那清幽古朴的田园村落，那汩汩流淌的小溪流水，那翘首昂天的马头墙，无不浸润着浓得抹不开的徽州古韵，无不表达着古徽州人对乡情、乡思、乡愁的神圣寄托。

然而，如今过度的旅游开发，喧嚣的商业场景，竟让人揪心地疼。

我的梦里乡村啊！你是否“村姑”依然？

我的世外桃源啊！你是否还将令人神往？

（2014 年 5 月 24 日写于深圳贝丽花园）

姑苏吟

20世纪80年代初，曾到过人间天堂的苏州出差。“君到姑苏见，人家尽枕河。古宫闲地少，水港小桥多”的印象，至今仍深深地烙在脑海深处。癸巳孟冬，我又一次来到苏州开会，入住城西的木渎镇，竟心生无限纷乱来。

按理说，光是“木渎”一说的由来，便足以让人惊讶与折服。原来，春秋末年，吴越纷争，越国战败，越王勾践施用“美人计”，献美女西施于吴王。吴王夫差专宠西施，特地为她在木渎的灵岩山顶建造了馆娃宫，又在紫石山增筑姑苏台，源源而来的木材竟堵塞了山下的河流港渎。于是“木塞于渎”，木渎之名便由此而来。如果说木渎是一本厚重、悠远的书，想必也不会言过其实。你看光是清代那一幅《姑苏繁华图》，其中描写木渎的景致就占了一半。它那30多处的私家园林，且有天平山、灵岩山、狮山、七子山等吴中名山环抱其中，使之当之无愧地成为“吴中第一镇”。

在木渎镇几天，我们自始至终地参加了会议与有关活动，加上天空中灰霾一片，大家便没有多少雅兴去寻幽探访了。每天推开宾馆窗户一看，驻地木渎镇政府附近一带的建筑，充其量只能算作是密密麻麻的水泥之林，毫无江南水乡的特色。晚饭后到驻地周边转悠，既见不到网状式的水巷，更看不到枕河的人家，心中怅然若失……

历史的烽烟已在木渎的上空飘逸了2500多年。我们不清楚，倘若春秋末期的夫差身处今日，是否还会在灵岩山顶建造行宫与美人你侬我侬的。我们也不清楚，当年的康熙帝与乾隆爷，倘若再次南巡时，是否还会在这变了模样的水乡驻跸。当然，我们更不清楚这座享有“秀绝冠江南”之誉、1983 年被列为太湖 13 个风景区之一的古镇，是否真的如同宣传册上讲的为现代都市人提供了一个放松身心、陶冶情操的旅游休闲好去处。

一日，与会者参加了在太湖边举行的全国健步走大联动。前些年，曾从新闻上看到太湖水饱受污染。这次当我们亲临太湖之滨却亲眼看到，太湖的水质变清了，变美了。一泓清水，波光粼粼。辽阔的湖面，烟波浩渺。湖岸边长势茂盛、虽已枯黄的芦苇，依然挺立在瑟瑟的寒风中，像是芦荡中的精灵，给一望无垠的太湖增添了几分狂野与神秘。此时，扩音器里传来“太湖美，太湖美，美就美在太湖水”的歌声，听着格外悦耳动人。我们健步走在太湖边上，看到那些建在湖边的栋栋别墅，从外观上看去，几乎都是灰头土脸的，没有半点江南水乡特色。大家纷纷感叹：这些别墅真是作践了这片美好的土地。

看来，一切都是事在人为啊！

会议结束后的第二天，在友人的安排下，我们乘车在吴江太湖畔尚未完工的苏州湾工地转了一大圈。大堤一侧，隆隆的机器正轰鸣着，大片大片的芦苇纷纷倒下。而吴江境内的太湖苏州湾畔，许多新颖设计的现代化建筑突兀而现，基础设施也日臻完善。相信在不远的来日，太湖的苏州湾畔将崛起一座新城。

此次姑苏行，原计划从吴江往上海虹桥机场路过水乡周庄时，顺道在周庄停留三几个钟头。可到周庄车站一看，往上海虹桥机场的班车一天只有两趟，且与自己乘坐的航班时间极不相符。所以尽管走到了名气如此之大的周庄门口，却只好望而兴叹了。

班车摇摇晃晃着从周庄往上海驶去，我一直在沉思着：如此破落的周庄车站和刻板的车次安排，与经济如此发达的地区，与闻名遐迩的周庄名气，那是多么的不相称啊！

吟，一作吟咏，又作呻吟、叹息。

不知此吟是何吟？

（2013 年 11 月 20 日写于深圳水贝）

桂林旅游之短板

“江作青罗带，山如碧玉簪。”桂林山水，素负盛誉。尽管“桂林山水甲天下”被吟诵了千百年，可直到2014年6月23日，桂林山水才与其他三处组装成“中国南方喀斯特”（第二期），列入《世界遗产名录》。这对桂林来说，当然可喜可贺。不过在这喜庆时刻，我们还是应该以冷静、客观的思维，正视桂林旅游中存在的短板。因为，从某种意义上说，它对秀甲天下的桂林山水是一种亵渎与玷污，更是对桂林旅游业一种极大的伤害。

象鼻山是桂林城内一处具有指标性意义的景点。由于它地处漓江、桃花江汇流处，天生逼仄，大自然给它造就的空间就如此狭小。记得二三十年前，游人在临江路边，或在河滩上，就可随意、尽兴地观赏象鼻山。因为游人到此，无非就是照个相，留个影纪念而已。但在后来的日子里，通往河滩的路被围堵了起来，临街这边的河滩上，硬生生地种上了一排高大的竹木植物，人为地砌造了一堵“隔离墙”，形成了今日的“象山景区”。客观地说，假如园内有发展空

间，有其他可看的东西或可玩的景点，建园收费无可厚非。本来站在江边堤岸上，或到河滩边即可完成的事，现在变成了60元的门票。这固然可以为当地财政增加一些收入，但实际上却损坏了桂林旅游城市的对外形象。故有外地人戏谑说，象鼻山公园强行封园的做法，与山大王不无二致。而它所折射、反映出来的，就是一种狭隘的胸襟，就是一种见钱眼开的思维。

有关部门是否考虑过，从市内叠彩山至穿山的漓江段，江两岸景点多多，风光秀丽无比，象鼻山也在其间。完全可以有组织地在白天开展此地段的漓江游，与晚上的“两江四湖游”相辅相成，各得其所。另外，它甚至可以弥补不能全程游览漓江的缺憾。

漓江是桂林山水的精华。而今游览漓江，却往往让人尽兴而来、败兴而归。一上船，船上工作人员就一而再、再而三地广播船上伙食很差很差。其目的就是强行要游客多加菜，即所谓的漓江鱼、漓江虾之类的东西。不断的广播完之后，服务员遂逐个桌逐个桌地登记加菜。一次不行，再来一次。开饭了，游客的饭菜，比深圳5元一餐的快餐都不如。漓江游船上饭菜之质量与价格，不知物价部门、旅游部门是否过问过。

游人出游，一般不敢奢望能吃得有多好，但起码也应有个谱。更令人气恼的是，这一边的服务员在上饭，另一边的服务员即端菜强行兜售。整个漓江游程，一会儿推销光碟，一会儿推销小吃，一会儿推销照相，弄得整个游船就像嘈杂的集市。游人本来兴高采烈地为欣赏漓江秀丽的风光而来，却被如此的强行推销搞得兴味索然，甚至心生反感。这对每天来自全国各地成千上万的游人群体，其影响面、其辐射面可想而知。

再者，游览漓江还常常会看到这样一个惊险的场面。在游船疾驶的同时，你会冷不丁地看到一些驾着竹筏的村民们，不顾一切地顶风踏浪，强行搭靠游船，冒着危险从游船窗口推销水果之

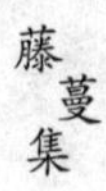

类的东西……

作为一个开放多年的旅游城市，游览漓江这一套程序，本应有一个比较成熟的做法。对漓江沿岸的开发与管理，也应有相应的规定。但电线跨江问题，竹筏强行搭靠问题，阳朔码头乱糟糟问题，年复一年，依然如故。而今游览漓江，已完全没有那种“分明看见青山顶，船在青山顶上行”的韵味了。留下的甚至是一种莫名的慨叹：不游漓江很遗憾，游了漓江更遗憾。秀丽的漓江山水，竟让这些充满铜臭味的商业运作以及不和谐的东西给亵渎了，给糟蹋了，给玷污了。

桂林是一个对外开放的旅游城市，同时也是一座历史文化名城。除了得天独厚的山水资源外，其久远的历史、丰富的文化底蕴也不应偏废。秦始皇时期修建的古运河——兴安灵渠，明代靖江王的王府、王陵，以李宗仁、白崇禧为代表的国民党新桂系，红军长征血战湘江的纪念地以及壮、瑶、侗等少数民族风情等等，都是桂林旅游值得挖掘和不可忽视的宝贵资源。

桂林旅游问题，有高端设计的问题，也有底层的具体管理问题。如桂林龙胜龙脊梯田，也是一个美得让人陶醉的地方。但在龙脊村和平寨一座建在山坡上的马厩，马的主人随手把马的遗矢扫往临近的水沟边。如此之不雅，大煞风景。其实这些事情很简单，村委会出面就可以处理了，关键是没有人注意到这些问题。

闻说从今年 7 月 28 日起，桂林就实行 72 小时过境免签政策，为中国首个获得此项政策的地级市。是时，美国、英国、澳大利亚、韩国等 51 个国家的公民持有效证件过境桂林口岸前往第三国或

地区，可免办签证在桂林行政区域内停留不超过 72 小时。这对桂林旅游来说，无疑是一种利好消息。但无论如何，桂林旅游要注意到“短板效应”。

因为如同资料上所介绍的那样，盛水的木桶是由许多块木板

箍成的，盛水量也是由这些木板共同决定的。若其中一块木板很短，则此木桶的盛水量就被短板限制。这块短板就成了这个木桶盛水量的“限制因素”（或称“短板效应”）。若要使此木桶盛水量增加，只有换掉短板或将短板加长才成。

桂林旅游亦然。

（2014 年 7 月 17 日写于深圳水贝）

桂东北散记

端午假期，在高速路上行车，还是应了那句“假日行路难”的谶语。不过，当我们行驶至被誉为“粤港澳后花园”的广西贺州地界时，心情为之一爽。那温馨恬静的田园风光，那苍翠欲滴的满坡树木，还有那各具特色的客家围屋，真让人赏心悦目。

久居闹市，的确想走出去透透气，同时也想给老年休闲游踩踩点。而地处粤湘桂三省交界，且离深圳最近的一个省外旅游城市——贺州，当然是个不二的选择。虽然眼下交通不甚方便，但贵广高铁将于明年年底建成通车，它距广州仅 1.2 小时的车程。那么从深圳到贺州，也只是一箭之遥了。

因有着“华南地区最大天然氧吧”美誉的姑婆山国家森林公园和最有旅游价值的黄姚古镇，早前曾已游览过，此次我们专门挑选了比较适合老年游的十八水景区、温泉景区以及紫云仙境景区。游罢归来，那潺潺的流水和飞泻的瀑布，始终在你耳边回响；那巧夺天工的奇石美景以及漫山遍野的苍翠碧绿，无时无刻不在你心中萦绕。

稍微有点远见的人都可以感觉到，以森林度假、自然生态、温泉疗养、民族风情为主要特色的贺州旅游业，正方兴未艾。而且作为大桂林旅游圈的腹地，贺州的旅游业必将展现出更加广阔的前景。

从贺州富川县到桂林市下辖的恭城县，只需两个多小时的车程。

这是一座古老的县城（公元618年开始置县），是桂林市唯一的一个瑶族自治县，距阳朔42公里，距桂林市区108公里。而且幸运的是，贵广高铁也将穿境而过，有站停且离广州仅2小时车程。

我们没有游览全国重点文物保护单位的孔庙、武庙、周王庙、湖南会馆等古建筑群，也没有心急火燎地去品赏被乾隆赐名为“爽神汤”的恭城油茶，更没有去观赏有着两千年历史的瑶乡傩戏。当斜阳低垂在西边天际时，我们来到了“全国农业旅游示范点”——莲花镇红岩村。

车未停稳，我们便迫不及待地走到红岩村的小溪边。只见溪水在夕阳下泛着粼粼波光，两岸垂柳随风摇曳着。远处，一位村妇正清理着竹排拟“系舟”柳下。一道拦河坝，使水流形成落差，不舍昼夜地发出声响。地处小溪下游的风雨桥，此时在暮霭里、在竹影中，似乎显得有几分神秘与凝重……

随同我们前来的原县文化馆向老师给我们介绍说，这些年恭城县大力发展生态农业、生态旅游，每年的“桃花节”和“月柿节”已成该县一个响亮的品牌。

夜宿农家院，几十元的住宿费，让我们真切体会到不在节假日凑热闹的好处与实惠。窗外，虫声唧唧。稍远处，拦河坝传来哗啦啦的响声，好像催眠曲。此时此刻，五柳先生“结庐在人境，而无车马喧”的那种静穆、淡远的境界，会不知不觉地在你的遐思中弥漫开来，最后让你酣然入梦。

我们在红岩村小住了一夜，第二天中午便来到了漓江边的兴坪镇。

阳朔兴坪古镇，素负盛名。它不仅拥有漓江精品画廊之称，还曾吸引民国“非常大总统”孙中山和美国前总统克林顿造访过，美名远扬。到江边走走，你可以看到此时已经游人如织，也可以看到游船顺江匆匆而过。再看看漓江两岸，翠竹苍苍，绿荫匝地。此时此刻，你或许可以理解那位驰骋沙场的陈毅元帅会写下“愿为桂林人，不愿做神仙”的诗句。

因事先与阳朔旧县村“寻梦居”的庄主毛先生有约，我们还是恋恋不舍地离开兴坪镇，到了另一处漓江风光荟萃处——遇龙河，而“寻梦居”就坐落在遇龙河畔。

曾记得当年在《深圳老年》上介绍过这条美丽的遇龙河。今天不得不花些笔墨，再说上一两句。作为一条距离阳朔西街仅半小时车程、有着“小漓江”美誉的遇龙河，两岸奇峰叠翠，阡陌纵横。清澈透碧的江水，缓缓流淌着。古色古香的村落，咿呀作响的水车，造型各异的古桥，构成了遇龙河景区奇特的景观。随着当地政府加大遇龙河景区的投入，在岸边骑单车，或者徒步游，正成为遇龙河旅游的一大特色。

我们知道，毛先生原来学习法语专业，后来在政府外事部门工作。但他不愿混迹官场，前些年回到乡下开辟了“寻梦居”。在黄皮果树与翠竹的掩映下，一座四层农家小院矗立在山脚下。古色古香的外表，颇有档次的装修，可以看出这个喝过洋墨水，且管理过大酒店的人，眼光的确与众不同。我们抵达时，恰好遇上中央电视台在“寻梦居”拍摄老外学习包粽子的镜头，毛先生的夫人正在当着教练呢。

居欢惜夜促，快乐的日子容易过。真的很想在“寻梦居”多住些日子，观赏遇龙河百看不厌的美景，听听晨鸟欢快的啁啾，观察庄稼拔节日新月异的变化……

但深圳的一些事务缠身，我们最终还是像与初恋情人依依惜别一样，由桂林乘坐直达火车往深圳而来。

（2013 年 6 月 27 日写于深圳贝丽花园）

淮安随想

自打20世纪70年代末的一个严冬匆匆路过江苏淮安后，一直未能游历这块“南船北马”之地。但她那凄厉的北风、大片大片的盐碱地以及那香醇醉人的双沟大曲，始终未能随着岁月的流逝从脑海中飘移。2016年年初在淮安召开的全国老年体育工作会议，使自己终遂心愿。

站在雾霭沉沉的古运河边，望着汩汩流淌且浑浊的淮河水，再看看岸边已经枯萎的丛丛芦苇，你的思绪或许会被拉得很远，很远……

试想，在当时生产力如此之低的情况下，胸怀大略的隋炀帝费时六年、征用500余万民工，使全长2700多公里的大运河全线贯通，因而使大运河成为当时世界上最伟大的工程之一。这是他为巩固统治、方便交通和南粮北运而设计的伟大之作，还是这位“荒淫”帝王为了私欲的扬州琼花梦。历史迷雾重重，民间众说纷纭。据有历史学家考证说，这位被民间传说为下扬州时让800美女为其拉纤的“好

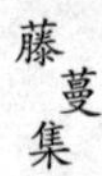

色”帝王，其实只有两位夫人。倘若他有唐高祖的41名皇妃以及唐太宗的35名皇妃这种“艳遇”，岂止只有三儿一女？纵观历史，始皇帝的许多大事他也做了，但他没有焚书坑儒。而历史有时竟如此相像，他们都是短命王朝……

如今这条古淮河，河道仅五六十米。可当年马可·波罗乘船经过这里时，记载的却是“河宽一英里。”可见岁月无情，沧海桑田。千百年来，这条承载着深厚历史积淀的古运河，不知目睹了多少胜王败寇的纷乱场面，不知演绎了多少“商女不知亡国恨，隔江犹唱后庭花”的感怀绝唱，更不知涂抹了多少令人心醉的扬州梦以及杨柳依依般的吴侬软语？

在“淮安府署”衙门前，两尊威严的石狮坐立在入口两旁，似乎向游人诉说着她那曾经威严、神圣的历史。占地一万多平方米、有着300余间房屋的规模，让人对这座相当于“副省级”（导游员语）级别的衙门感慨万千。由宋朝黄庭坚题写的《御制戒石铭》高悬在上。铭曰：“尔俸尔禄，民脂民膏。下民易虐，上天难欺。”因“乌台诗案”由京城国子监教授被贬到吉州太和当县尉的黄庭坚，厌恶京城，厌恶官场，“京尘无处可轩眉，照面淮滨喜自知”，却被当地人称为“黄父母”而受到景仰。伫立在《戒石铭》前，或许让人体味着为官清廉、以民为本的理念，或许更让人认识到它对当今社会的现实与深远意义。

衙门内柱子大梁上，镌刻着“吃百姓之饭，穿百姓之衣。莫道百姓可欺，自己也是百姓。得一官不荣，失一官不辱。勿说一官无用，地方全靠一官”“贪一毫，枉法脏，唯恐子孙有报。存半点，徇私念，是知鬼神难欺”等题刻。从中，多少折射出我国传统文化中某些因素，对当今的官场、世风无疑也有所警醒与警世。

庭院深深，行人寥寥。彳亍在这座始建于南宋的知府衙门内，你会突然觉得封建社会的有些制度设计，似乎可供今日参考。如，衙门为国有资产，谁当知府谁入住，谁离任谁走人，如同当今美国的白宫。而不像我们现今一些官员，每在一地任职，就理所当然地占据着当地的“中南海”。一房改，即成了私有财产。

淮安人杰地灵，名人荟萃。见于史书的韩信，《西游记》作者吴承恩，《老残游记》作者刘鹗，“击鼓抗金”的梁红玉，与司马相如并称为“枚马”的枚乘，等等，无不彪炳史册，响彻寰宇。当然，还有鼎鼎有名的共和国开国总理周恩来。由于时间的局限和会务的安排，我们只参观了周恩来纪念馆。

匆匆浏览了纪念馆内周总理各个时期的照片与资料，的确给人以景仰，以膜拜，以深思。

离开周恩来纪念馆时，我们看到“西花厅”屋角的那几丛蜡梅，在瑟瑟寒风中恣意地绽放着，吐露着无限的芬芳……

在参观“苏皖边区旧址”中我们看到，参加淮海战役支前的民工达107.5万人、担架1.5万副、大小车辆8.25万辆……倏然，我们终于理解了以前为什么有人说“共和国是用手推车推出来的”这一说法。还有，华中银行发行的货币以及“废除保甲制，民选当家人”的泥塑，给人印象尤深。

更有一张不起眼的照片，讲解员的解说竟让我们感动得热泪盈眶——

画面上，1949年解放军渡江时，一艘去掉棚盖的渔船上坐着渡江的解放军，背着镜头的是一位梳着长辫子、身材窈窕、摇着橹的渔家姑娘。转眼时光飞逝了50年。1999年在举行渡江胜利五十周年典礼上，当时拍摄此照片的新华社记者邹健东在江苏卫视发图、发文，“那位送走黑暗、迎来黎明的小姑娘在哪？”不久，一位中年女子来到电视台，说那位姑娘就是她年已69岁的老母亲。原来，她家在这次渡江中，为方便搭乘解放军，把家里的渔船棚盖拆了。那时，她母亲19岁。但就在这次渡江过程中，她母亲中弹受伤……此后的情况我们来不及询问，但那时的人心向背可见一斑。而那位小姑娘几十年来的遭际，我们不得而知。

千年的大运河依然不舍昼夜地流淌着，中国南北分界的标志清晰地印在淮安城内，规模空前、气势非凡的市政府大楼，在冬日阳光的照耀下，格外地刺目、耀眼……

（2016年1月31日写于深圳布心）

留憾张家界

2014 年 11 月 28 日，我们一行人步履匆匆地抵达张家界山脚下。虽然在此之前已得知天气不是很好，但由于“来往预期程”，我们只好掐着时间上路了。

傍晚时分，天空愈加阴沉了，间有密密匝匝的冷雨随风飘落而下。远处山上，笼罩在一片深不可测的云海里。街上，路灯昏暗，行人寥寥。到了夜晚，窗外的一切全被夜幕包裹着。到了午夜，天空中竟然响起了惊雷。隆冬时节雷声滚滚，着实让人有些吃惊。望着窗外黑黝黝的夜空，听着豆大的雨点时紧时慢敲打窗户的声响，真有点“寒宵独坐心如捣”的感觉。

天亮后，依然风雨潇潇。为安全起见，我们改变了原先上山游览的计划，转而参观黄龙洞。大凡溶洞，大同小异，我们心里有数。在洞内无奈地走了一圈后，听司机介绍说就在我们进洞后不久，天气竟突然好了起来。我们无不心生后悔……

但团队行动，哪里容得个人天马行空，况且任何时候都要考虑安全的因素。

下午，天空晴朗了许多。跟随着导游，我们来到了位于索溪峪自然保护区的“十里画廊”景区。在这长约 5 公里的景区内，的确耸立着千姿百态的奇峰异石，最为著名的景点当为“采药老人”了。

我们乘着小火车，尽情欣赏着两边的奇峰美景。虽已入冬，

山谷内依然林木葱茏。只是在远处山崖上，有几株耀眼的红叶，

在嶙峋的峭壁上绽放着，绚烂着，突然让人想起那句“死如秋叶之静美”的凄美诗文。

雨后的山野，烟云氤氲。一团团、一条条、一缕缕的烟云，随风飘荡在千仞绝壁间。时而缥缈，时而清晰；时而飘逸，时而空灵，宛如神仙大师，用如椽大笔勾勒出令人叹为观止的水墨丹青。怪不得明代就有人写下“人游山峡里，宛如画图中”。

然而，我们却犯了一个方向性的错误。此话后谈。

30日一早，雨已停歇，我们来到了“不上黄石寨，枉到张家界”的黄石寨。相传汉朝张良看破红尘，辞官不做，隐居江湖。云游这里时，被官兵围困。后来得师傅黄石公帮助而脱险，故名黄石寨。

我们乘缆车往山顶进发，可到山顶一看，四周白茫茫的一片。山顶连着天，天接着山顶。什么五步称奇，七步叫绝，十步之外，目瞪口呆。什么罗汉迎宾、定海神针、南天一柱、五指峰等，一切都在云里雾里。

甭提我们有多失望，谁敢保证自己又能再次到此一游呢？

为了表示来过张家界，我们只在云雾缭绕的山顶上的朱镕基总理“张家界顶有神仙”题词的石刻前留个影，又在“一夫当关、万夫莫开”的山门前和令人目眩的峭壁旁抢了两个镜头。因为雾海茫茫，稍纵即逝。

从山上下来后，我们又到金鞭溪转悠了一小段。尽管金鞭溪

迂回穿行在峰峦山谷之间，“奇峰三千、秀水八百”，曾被著名文学家沈从文先生赞誉为“张家界的少女”，但方才山顶上那白茫茫的云雾，始终在我脑海里翻滚着、涌动着……

午饭后，我们怀着难以言状的心情离开了张家界。

晚上夜宿湘西凤凰，我打开微信，一条“张家界天子山因连绵冬雨出现云雾仙景”的新闻跳入眼帘，并配有组图。文中说，这一天，上千名过往游客大饱眼福，久久不肯离去。

我对照报道的日期、时间掐算，那天不正是我们原计划中的游程吗？那天不正是我们在离天子山不远处的武陵源十里画廊吗？其实，我们本想直接登顶的，可听导游说时间紧了些，只好悻悻作罢。而恰恰是这个疏忽，导致了捶心肝、打脚臂的遗憾……

夜阑了，人静了，心情渐渐平复了。细想人生，古人就说过“不如意事常八九，可与人言无一二”。事实上，人生哪有这么多事随心愿呢？你已登顶了，并看到了白茫茫的一片，难道这“白茫茫的一片”不是收获吗？回深后同事竟戏谑我说，“她连‘白茫茫的一片’都看不到，你还有什么不满足和遗憾的呢？”

或许，人生就是如此——

你骑马来我骑驴，细细思量我不如。

回头望见推车汉，比上不足比下余！

（2014 年 12 月 5 日写于深圳水贝）

凄迷阳关道

人在旅途，信马由缰，最为惬意事。今年 9 月的敦煌之旅，原本没有游览阳关的计划。可当得知出租司机要揽客拼车前往阳关时，二话不说便上了车。坦率地说，此非冲动之举，而是千百年来那首千寻有尽、衷情难泯的“劝君更尽一杯酒，西出阳关无故人”的千古绝唱，始终浸润着自己的魂灵。

车出敦煌市区往西南飞奔而去，渐渐地，建筑物被一一抛在身后，树木少了，植被稀了，取而代之的是连片连片的戈壁滩。戈壁滩深处，长着稀稀落落的林木。水是生命之源，到了西北这种感触特深。茫茫戈壁滩上，凡有树木的地方就有水源，就有人居。近处高岗上，可以看到一幢幢像是被镂空的砖墙砌成的建筑物，那是用来风干瓜果的“烘房”。虽时过仲秋，但强烈的日照，干燥的空气，人在阳光下的感觉绝不亚于在南方。

车行约 75 公里，我们抵达南湖乡“古董滩”。

这，便是流传了千百年的阳关旧址。

史料记载，阳关始建于汉武帝元封四年（前 107），因在玉门关之南，故名。它是汉王朝防御西北游牧民族入侵的重要关隘，也是丝绸之路上中原通往西域及中亚等地的重要门户。

因是错峰出游，游人寥寥。木质结构的景区大门，高高耸立在西北的蓝天下。巍峨的城墙，孤零零地在大漠中崛地而起。高高的城门，显示着这座古代关隘曾有过的威仪与庄严。而实际上，无情的岁月早已把阳关古城水毁沙埋，留下的只有漫漫黄沙与幽怨凄凉的千古绝唱。

漫步在新建的古城里，看着翠绿的杨柳、萋萋的芳草与坍塌的土墙，不免让人把思绪拉回到久远的年代。你或许会联想到自西汉以来那些守关将士在这里戍守征战的情景，你或许会联想到那些逐名逐利的商贾、使臣和游人在这里验证通关时而彰显出刘氏天下的威仪，你或许可以联想到历代的文人墨客在这里抒发“别离何遽，忍唱阳关句”之慨叹……然而，秦时明月汉时关，历经了千百年来的风霜雨雪，只有城郭外的漫漫黄沙，在静静地诉说着大自然的无情与历史的悲惋与凄凉。

在城郭一侧的阳关道旁，矗立着一尊高大的王维塑像。塑像边上，几株杨柳在秋风中飘荡着。不远处的酒肆门前，摆放着硕大的酒缸，一面猩红色的小旗在杆子上摇曳着。客店空空，让人感到几分苍凉……

伫立在王维的塑像前，你会猛然想起这位唐肃宗乾元年间任尚书右丞的“诗佛”，在渭水北岸把酒送客的情景。那天清晨，难得下雨的咸阳城竟下了一场潇潇春雨，春雨沾湿了轻尘。客舍周围的青青杨柳格外清新。王维在渭水北岸的酒肆里，为奉使远赴新疆的朋友送行。把酒换盏中，双方频频举杯。“欲行不行各尽觞”之际，王维慨然道，“元二兄弟！请你再干一杯吧，出了阳关西路，再也没有老友陪你喝酒了……”

就这样短短的四句诗，28个字，却成了千百年来的送别绝唱。作者用白描的手法，道出了当时忧郁的环境与依依离情。因为友人仕宦阳关外，憔悴天涯，前路茫茫，或许此一别就是斜阳暮。送客天涯，一醉方休，人之常情。

唐朝人在送别朋友时，经常唱这支歌。因全首诗只有四句，唱起来有些单调，故乐工们常将诗句迭唱，因此就有了“阳关三叠”

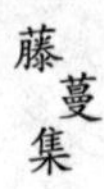

的名称。到了元代，《阳关三叠》已演绎成这样了：

渭城朝雨，一霎挹轻尘。更洒遍客舍青青，弄柔凝，千缕柳色新。更洒遍客舍青青，千缕柳色新。休烦恼，劝君更尽一杯酒，人生会少，自古富贵功名有定分。莫遣容仪瘦损。休烦恼，劝君更尽一杯酒，只恐怕西出阳关，旧游如梦，眼前无故人。

可见那垂杨芳草，无不牵挽离情。更有那，长亭短亭，今朝醉，苦飘零。可尘世中的人们总禁不住各种功名事，哪管聚少离多，哪管花残月缺，大都想“修身齐家治国平天下”，最终或功名显赫，或苍老他乡。

墩墩山烽燧是阳关唯一一处历史遗痕。

史载，古代阳关向北至玉门关一线有70公里的长城相连，每隔数十里即有烽燧墩台，阳关附近亦有十几座烽燧。尤以“古董滩”北侧墩墩山顶上的称为“阳关耳目”的烽燧最大，地势最高，保存比较完整。

如今，这座矗立在高台、远近近百里尽收眼底的汉代烽燧被围了起来，游人只能在其山脚下远远地仰望。遥望着山顶上的烽燧，你会发现烽燧的周边已经风化。不得让人惊叹，再厉害的秦砖汉瓦，再厉害的能工巧匠，在大自然面前也得要低头三分。

墩墩山烽燧立于大漠戈壁之上，脚下就是滚滚黄沙。我们无法登上山顶

的烽燧，但我们的脚下本身就是一个黄沙累积的高台。导游介绍说，从这里往南即是青海省的柴达木盆地，往西则是新疆地界了。站在高台往南眺望，只见眼前自东向西一马平川，那便是古丝绸之路了。当年深深浅浅的车辙，当年响彻戈壁滩的驼铃，当年商贾们的匆匆步履以及与大漠黄沙搏斗的情景，都在历史的烟尘中灰飞烟灭。只有湮没在那片望不到头的大沙滩砾石地下的汉唐陶片、铁砖、瓦块及陶片等古遗物，成了历代淘宝人的天堂。故当地人有“进了古董滩，空手不回还”之说。

站在墩墩山烽燧脚下的高台上，望着眼前平坦的沙滩，望着远方凄迷的阳关道，望着远方望不到头的大漠穷沙，你仿佛看到汉唐的商队从长安城出发后，到了敦煌补给，经阳关，再穿过沙漠，到达今新疆若羌，再到于阗，接着经过今帕米尔高原和喀喇昆仑山到达今伊朗高原和两河流域后，向着土耳其南部和埃及地区，浩浩荡荡地逶迤而去……

却原来，历史在这里刻录了汉之威、唐之盛。与此同时，历史也给这座西北边陲的雄关留下了苍凉、凄怆、遥远的印记。

长亭柳依依，莫唱阳关曲。

别了！

（2016 年 10 月 18 日于深圳布心）

滕王遗恨

滕王阁为唐太宗李世民之弟、滕王李元婴所建，因“初唐四杰”的王勃为滕王阁作序而素负盛名。一千多年来，它屡毁屡建竟达28次，1989年重阳节才重新矗立在赣江之滨。日前，有幸登临“江南三大名楼”之首的滕王阁。游罢归来，心里总觉得有些东西，想一吐为快。

我们是跟随旅游车从停车场、经大门一侧入园参观的。路过“滕英汇”牌楼时，看到楼门两侧题写着“落霞与孤鹜齐飞，秋水共长天一色”的千古名句。不经意间，突然感觉书写有错，摘下眼镜靠近细瞅。果然，霞字的下半部的“叚”几乎成了“段”，鹜字下半部的“鸟”也变成了“马”。

且不说公元675年重阳节当时的洪州都督阎伯屿请人为滕王阁作序，也不说阎伯女婿惊人的记忆力，单说初唐那位才子、他那已成万世珍宝的千古名句，岂可随随便便就誊写出错呢？这是其一。

其二，今之滕王阁于1989年重阳节建成。它根据我国古建筑大师梁思成先生1942年所绘草图、并参照“天籁阁”所藏宋画《滕王阁》所建。如今，滕王阁在南昌城西形成了一片规模宏大、配套设施齐全的仿古建筑群落，更成为人们纷至沓来的必看景点。

然而，从东面榕门路口进入，一座高大的四柱七楼宋式彩绘牌楼时，一道人工搭建的挡雨棚横亘在牌坊的两侧，活生生地把牌坊“拦腰斩断”，牌楼的整体性、观赏性被彻底破坏了。

导游解释说，若不这样，工作人员用什么来挡雨遮阳呢？

听后愕然……

其三，滕王阁历来是文人骚客吟诗作赋、歌舞筵宴的场所，也是古代储藏经史典籍的地方。史载，贵为天子的明代开国皇帝朱元璋在鄱阳湖大胜陈友谅后，也曾在此设宴款待群臣，赋诗填词，附庸风雅。正因为《滕王阁序》，使之名冠“江南三大名楼”之首。真可谓：序以阁而闻名，阁以序而著称。

透过历史的重重烟雾，我们仿佛看到，千百年来，有多少文人雅士，多少达官贵官贵人，在“百般红紫斗芳菲”的春日里，在孤村老树的夕阳寒烟下，在满林黄叶的银烛秋光中，登临滕王高阁，瞰赣江与扶江在此滔滔汇聚，观远处长天万里下的孤鹜与悲壮的落日相互追逐的情景，叹江水无情东流……

可如今，近处的商业街迂回曲折，到处熙熙攘攘，摩肩接踵。江上新建的大桥，车辆往来穿梭，且有极富政治意味的“白猫”“黑猫”镇守大桥。更有江对面的高楼，一幢幢刺破青天，呈现出现代化都市的一派繁华景象。极目远眺，何见西山横翠？哪来南浦飞云？

难道真如王勃诗云：“阁中帝子今何在，槛外长江空自流。”

不知滕王李公，你可知否？

……

（2014 年 5 月 26 日写于深圳水贝）

天山雪

早些年任《深圳老年》杂志主编时，结识了一位寓居南山的长者。其传奇的骑兵生涯、北疆大漠的经历以至于其凄美的初恋故事，引起我极大的兴趣，甚至萌发了动笔的念头。8 月，因自己手头事较少，想撺掇他回老部队走走，可他一口回绝。说是身体已不允许他再回到海拔三四千米的甘南草原了，再说带了孙子后他自己也变成“孙子”了。可 9 月上旬刚过，他却主动提出回新疆的老部队走走。看来，岁月走得太急促了，直让上了年纪的老人不得不争分夺秒了。

事情的转折点可能还得从一位将军说起——

老头有一位同连队的战友，前些年从将军位置上退了下来。一般情况下，将军很少接外来的电话，可那天恰恰是他接了。最后将军就是干脆的两句话：“来吧！我在乌鲁木齐等你。”

9 月 22 日上午，将军轻车简从，如约而至。尽管别离半个多世纪，但双方对那个时期连队的点点滴滴，却如数家珍，娓娓道来。甚至对对方所骑战马的特征，都能说出一二三。尤其是将军说出了这位战友当年骑的那匹汗血宝马身上在哪个地方有个小白点时，简直令人惊讶。可将军却说，人上了年纪，往事历历在目，刚才的事常常丢荒脑后……

这对同一连队的战友，一位成了共和国的将军，一位从上士军阶卸甲复员。几十年时光匆匆过，大家天南海北，天各一方。

一旦联系上，那战友情就如深埋酒窖里的老酒，历久弥香，芬芳四溢。这两位别离了几十年的老战友，整整聊了一个上午，午饭就在军区司令部食堂里自助用餐。

离别时，他们紧紧握着对方的双手，相互叮咛着。看得出来，他们的身子与照片中的当年完全不可同日而语了，岁月也给他们的脸上增添了或多或少的老人斑，话别的神情中不免带着几分凝重与苍凉，真让人聊发“挥手自兹去，何日再相逢”之慨叹。

23 日，由将军引荐，这位老兵回到了令他魂牵梦绕了几十年的老部队。

自 1969 年离开部队后，这位如今寓居深圳的老兵由于种种的原因，始终未能再跨入军营一步。天高路远，寒风雨露。历经了几十年的风雨沧桑，鬓发斑白的他越来越想念起自己 8 年的骑兵生涯了（尤其他当年所在的第一骑兵师转型为步兵师了），他所熟识的那些老首长、老战友也一个个地离去了。夕阳下，深夜里，孤单时，他常有怅然若失之感。一张张熟悉的面孔，一桩桩难忘的往事，总在不经意间向他袭来。

他想部队，想战友，当然也想他的战马。

24 日上午，经值班的师首长签批，部队派了车（如今部队管控非常严格，从严治军已见端倪），政治部干部科科长陪同我们前往地处天山腹地的巴音沟老营区。此时，部队正在那里驻训。出乌苏营区后不久，我们乘坐的小汽车便在茫茫戈壁滩的公路上飞奔起来。公路穿戈壁而过，路两旁是连片的沙砾地。因今年雨水特多，陪同我们的科长说戈壁滩竟然长起了青草。我们到来时，仲秋的戈壁滩已见不到绿色的踪影了。有几个穿着少数民族服装的妇人，骑着马横过公路在牧羊。在戈壁滩拐弯处，小汽车停了下来。科长指着远处终年不化的积雪说道："那就是天山雪！"

我们迫不及待地下了车，只见远处天山顶上的积雪，在秋日的阳光下闪着耀眼、白色的亮光，让人自然而然地想起唐代诗人岑参"天山有雪常不开，千峰万岭雪崔嵬"的诗句。很遗憾，由于距离较远加之能见度不是很好，未能拍下更清晰的照片。

师里李政委因腰伤从行军床上爬起来与我们交谈，弄得我们心里很是不安。可他硬是强忍着疼痛，坐在简陋的帐篷里与我们聊了起来。他谈到当今部队的状况，谈到中央军委从严治军的决心，也谈到部队传统传承的问题，让我们深受感动。

新疆，是一个美丽而迷人的地方，更是让这个老兵感到摄魂摄魄的地方。1962 年，作为"10 万骑兵进新疆"的一员，他曾雄赳赳地跃马过乌市接受检阅。在曾经刮掉过新疆军区三任司令员帽子的老风口那里，他度过"晻霭寒氛万里凝，阑干阴崖千丈冰"的不堪回首的岁月。在滴水成冰、蜗居"地窝子"的北疆边界，他曾枕戈待旦地在极端严酷的环境下与"北贼"对峙着，一腔热血地守护着祖国的北大门……

时光如水，沉淀方澈。可悠悠岁月里、无穷往事中，总有一些人、一些事，不会因时光而流逝，不会因岁月而淡漠。相反地，在某个灯火阑珊的夜晚，在羁旅在外的悠闲时光，在彷徨、惆怅的黄昏里，往事有时像一张大网，牢牢地罩在你的头上。因为在那激情燃烧的年代，这位老兵把自己的青春献给了保卫祖国北大门的神圣事业。新疆大漠，流淌着这位老兵的青春热血。边关风雪，记录着这位老兵戍守边疆的点点滴滴。当然，那里有他的初恋，有他今生今世都不能忘怀的情人。许是情结所致，在深圳这些年，这位老人创作了不少关于新疆的歌曲，今顺手摘录两首，以飨读者。

其一：《梦新疆》

天天在梦里，我回新疆。
梦里我，天天回新疆。

天天都梦见老战友，跃马横枪保卫边疆。
火红的青春，献给祖国，生生死死如弟兄一样。
无言战友大黑马哟，它驮我行军陪我打靶。
老风口的那“地窝”里，就围着油灯唱军歌。
哎！战士最听党的话。

高高的钻天杨，不死的胡杨树，醉倒人的沙枣花。
蜜样的金葡萄，抱不动的大西瓜。
哈密瓜甜掉你的牙，听不够大叔的冬不拉。
忘不掉大婶的香奶茶，库尔班大叔的莫合烟。
那仙女下凡的阿娜尔汗，
哎！天山上的雪莲花……

新疆，梦的故乡梦的家！

其二：《我把心儿双手捧给你》

我请鸽子送给你的信哟，你收到没有？
我同小溪唱给你的歌哟，你听到了吗？
我托白云捎给你的吻哟，你接收了吗？
我把心儿双手捧给你哟，你看见了吗？

你请鸽子送给我的信哟，藏在我心里。
你同小溪唱给我的歌哟，我在心中和。
你托白云捎给我的吻哟，醉了我心窝。
你把心儿双手捧给我哟，我心换给你。

……

此次在新疆的这几天，我们一个景点也没去，有点如入宝山空手回的感觉。到了新疆才知道这个占据共和国六分之一国土的自治区是何等的广阔，何等的壮阔与何等的遥远。不过从新疆归来，突然发现自己的半个灵魂也留在新疆了。

回深已有一些日子，但那位念旧的将军，那位亲民的政委，那位热情的科长，那位鞍前马后陪同了我们几天的少校军官，还有天山顶上的皑皑白雪，却始终在我的脑海里不断浮现……

刹那间，李白那首《关山月》的意境，竟如蒙太奇般地弥漫开来，升腾起来——

一轮皎洁的明月从祁连山升起，穿行在苍茫云海之间。浩荡的长风吹越了几万里，吹过将士驻守的玉门关。当年汉兵直指白登山道，吐蕃觊觎着青海的大片河山。这里就是历代的征战之地，出征将士很少能够生还。戍守士兵远望边城景象，思归家乡不仅满面愁容。此时将士的妻子在高楼，哀叹何时能见到远方亲人……

俱往矣！边塞不再遥远，边关不再荒凉。可转念一想，如若无人“挽雕弓如满月”，谁去“射天狼”？！

横吹曲辞短，军中相思长哟……

（2016年10月30日写于深圳太白居）

香格里拉游记

4 月 30 日大理会议一结束，我们便迫不及待地赶往魂牵梦绕的香格里拉了。先是匆匆在丽江小住了一晚，翌日就乘坐崭新的旅游大巴，与来自天南海北的游客一起，往心中的理想圣地进发。

香格里拉一词最早出现于一位外国人在小说中描述的理想王国，它表达的是对人们对工业社会的逃离，是现代都市人的梦想。其地点在中国横断山区，没有准确的所谓香格里拉真正的位置。在川、滇、藏大三角区角逐这个有着含金量名字的过程中，最终，云南迪庆藏族自治州的中甸县，以香格里拉县的名义进入了共和国的县级系列。

我们此行，即于此。

路况一路算好，只是海拔越来越高，不管长幼，大家多多少少有些高原反应。藏族导游给每人分了一瓶氧气瓶，并教大家使用方法。

随着海拔的升高，沿途边的阔叶林渐渐地变成了针叶林。再随着旅游车从一个个山谷往一座座山巅爬行，针叶林不见了，继而是一片片的草甸。望着车窗外巉岩嶙峋的陡坡以及在如此海拔高度长出的各种不同的植物，你不得不惊叹大自然的造物神奇，不得不佩服弱肉强食、物竞天择的进化原理。由于此时是高原冬末初春时节，大片大片的草甸显得枯黄。柳枝上，点点鹅黄在剪刀似的春风里，凌乱地飘荡着，飞舞着。而那一群一群散养的藏香猪，则不停在拱着土，寻觅着什么。不过，最吸引人眼球的，莫过于突兀而现的一座座披着银装的雪山了。

昨晚抵达丽江时，已近傍晚，来不及对近在咫尺的玉龙雪山进行欣赏。以至于晚上躺在床上还沉浸在晶莹世界的想象中。而到了这里的高原，才知道雪山并非罕见。藏族导游一路滔滔，而听者寥寥，弄得双方有些不快。因导游交代要在沿途过程中补氧，于是我一边吸着氧气，一边频频揿动相机快门，想最大量地把这高原的景色摄入镜头中。

中午时刻，我们来到一个新近开辟的藏民参观点。说是由于修建水库，33 户山里的藏民被政府动员搬迁于此。于是，它也成了一个钦定的旅游点。从外表上看，民房按照藏民居的格局重新修建。木质结构，泥土作墙。不知为什么，这里建房不用水泥，且墙体为下大上小，一面呈斜面，每家有一个院落。同样，藏香猪满地跑，遗矢满地，卫生状况不敢恭维。

据说按照轮流制的原则，旅游团也是轮流被安排。我们去的这一家藏民，建筑颇为气派。硕大无比的木头柱子以及建筑所需木料，说是为政府提供。至于那些雕龙画凤，则是各家自显身手了。导游姑娘名叫卓玛，算不上俊俏，但她的相当不错的普通话和行云流水的讲解，一开始就令我深深折服。后来卓玛自己介绍说，她已是当妈妈的人了，她父亲是个共产党员，所以她家门上挂着一面党旗。

坐在卓玛家二楼的厅堂里，大家认真听着讲解，我甚至破天荒地拿出

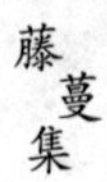

了本子开始记录起来。她讲了她家农奴的家史，她的爷爷曾被狼叼走，是家里的藏獒把她爷爷救了回来。所以，她对毛泽东主席很感恩。从她家神龛上摆放着的毛泽东主席塑像以及贴在墙上的毛泽东画像，你或许可以体会到翻身农奴的心情。后来，她讲了在藏区，宗教有时甚至高于我国法律这种说法，让我们听得云里雾里。而最后当她用很大篇幅去介绍“藏八宝”要客人购买时，我心情突然感觉变味了。离开时，我们始终没见到这位藏族卓玛的身影。后来在车上导游调侃说，他带团从未见过购物打光板的。看来，在旅游中如何让客人自觉自愿去掏钱，这里头真还有学问。

藏语中有一个与香格里拉相近的词——香巴拉，源于藏传佛教的传说。午后一点半，我们从香巴拉镇出发。在高原，一般的米饭很难煮熟，但自己还是三下五除二干了两碗。接着我们去领羽绒大衣，准备上石卡雪山。路上，导游很严肃地告知我们，前些日子有一位来自西藏林芝的客人攀登石卡雪山后竟然身亡，最后闹得不可开交。导游要我们大家到氧气站那里过一下，至于买不买氧气瓶请大家自便。不少人听了以后，担心出事，还是掏了68元，备上氧气瓶。

到了雪山脚下，一些人迟疑了，退缩了。不过，我还是壮着胆进去了。其实，上雪山的人并不是很多，但稀稀拉拉的缆车让我们干着急。或许是高山风大，四部缆车连在一起升降。等着，等着，我最终放弃了。一则真怕上到4500米的高山会怎样，二则想到自己曾登过3700多米的雪山了。最终冷静一想，美丽风景千千万，没必要去冒这个风险。毕竟岁月不饶人，还是悠着点为好。

晚上，我们在香格里拉县城用了一餐不错的自助火锅，并观看了《醉美香格里拉》大型演出。客观地说，这台节目非常不错，很值得一看。尤其是场上场下的互动，让人记忆犹深。高原的夜晚还是很冷，好在允许借用的羽绒大衣可以继续使用。一大早，我们赶往我国保存最好、最大的藏族民居——独克宗古城。

中甸即建塘。相传与四川的理塘、巴塘一起，同为藏王三个儿子的封地。历史上，中甸一直是云南藏区政治、军事、经济、文化重地。很遗憾，去年 1 月 11 日凌晨这座古城发生大火，246 户受灾、343 栋房屋被烧毁。虽然当事人和有关官员受到了处理，但古城历史风貌破坏严重，部分文物建筑不同程度受损，已不可挽回。

先是参观了藏医藏药馆，可我们觉得此项目索然无味。接下来，我们自由游览被誉为“月光城”的独克宗古城。古城广场上有一座山，山势约莫百把米，但走上去还是有点气喘吁吁的。登高远眺，远处有的山头铺满着白雪。山腰间，世界第一大的转经筒着实让我们开了眼界。有游人嘻嘻哈哈在转经筒旁推着、闹着、照着。只有几位穿着藏服的老人，一圈又一圈地围着转经筒在转。山脚下，显然是一派工地景象，大多数工程接近完工，所以已看不到被大火烧毁的残留。作为我国保存最好、最大的藏民居群，作为茶马古道的枢纽，作为雪域藏乡和滇域民族文化交流的窗口，在管理上、设施上存在如此漏洞和有关部门的失职，不能不引起人们深思。

很值得一提的是，在古城山脚下有一座红军长征纪念馆。令人印象最为深刻的是，里头有一个标牌，标牌上记载当年在士旺渡口、木斯扎渡口以及松坪子等渡口冒死运送红军过江普通船工的名字。在以往进行传统的革命教育中，我们过去只注重大背景、大战场、大人物。如今，看到这些小人物也赫然入列纪念馆，内心多少充满了感动。

金沙江、澜沧江、怒江在云南的崇山峻岭中奔流了 170 余公里，流经区域四万平方公里。金沙江由北东去，于是我国便有了长江。澜沧江缓缓南流，穿越国界后变为邻国湄公河的上游。而怒江，则直接进入了缅甸。

当旅游大巴沿着金沙江畔行驶时，看到玉龙雪山就在头顶上，我们激动得只有打开相机的连拍功能了。还好，中午我们就在玉龙雪山下的金沙江畔用餐。匆匆扒了几口饭放下碗筷后，我们便出去摄影了。在这样一个角度拍摄雪山，真让人激动不已。

午饭后，我们乘坐皮筏艇游览金沙江。这一段，江水相对平缓，两岸树木葱茏。游程约莫半个小时，我们意犹未尽时，艇就靠岸了。从安全的角度考虑，当局为什么不用舟船之类的交通工具，不得而知。总觉得坐在皮筏艇上，稍不平衡或者没抓紧绳子，都会发生危险。再说，皮筏艇靠岸后，连个行走的便道都没有，游人直接从庄稼地走上公路。像这样一个新开辟的景点，配套的东西看来还是比较滞后。

接下来是游览虎跳峡了。旅游车在金沙江一侧的山腰间疾驶，从车窗往下看，万丈绝壁，令人头晕目眩。江水咆哮着，在谷底吐着口沫奔腾而去。下车后，年轻一点的，连蹦带跳地往谷底奔去。年长一些的，则在不远处的观景台，拍个照留个念的什么。只是那些抬轿子的轿工因揽不到活儿，失望地在轿子里躺着，或在骄阳下晒着。看着他们黝黑的肤色，想着他们抬轿子时的艰辛，不免让人感叹：人真是分三六九等啊。

这三条江共同发源于青藏高原，并携手并肩在云南的崇山峻岭中奔流，而它们各自选择了自己的归宿。金沙江是在一个叫作石鼓镇的地方急转回头的。最终大江东去，滔滔流入太平洋。但当旅游车在这样一个有意义的地方停下来时，却让我们大失所望。只见发黄的江水平缓流淌，它在哪里急回头，它的观景台在哪里，它又怎成了资料介绍中的天造奇观，不得而知。按照指引牌走吧，全是购物摊，如厕还要一元钱……

值得交代的是，旅游途中我们还是自觉不自觉地被安排购了两次物。转念一想，两天香格里拉之行只花三百多元，你怎好说这说那呢。真不知《新京报》日前披露的450元北京——大理——丽江——香格里拉双飞六天游，是怎么的一个游法？

离开香格里拉了，它那晶莹透碧的雪山，它那桀骜不驯的江水以及充满个性的藏民们，依然在我的脑海里涌现，让我膜拜，让我向往，甚至让我惊悚……

（2015年5月12日写于深圳布心）

湘西凤凰之魂灵

那紫红沙石砌成的城楼，那沿沱江边而建的吊脚楼群，那一幢幢古老朴实的明清古院，还有那妇女们穿大领对襟短衣和长短不一的百褶裙以及湘西凤凰人引以为傲的血粑鸭，都曾让我一见不忍离、久久地留存在心里。然而，享有“北平遥，南凤凰”美誉的湘西凤凰，最震撼我心扉的，莫过于飘荡在这座古城鲜活的魂灵了。

11 月 30 日，我们从张家界游完金鞭溪后往凤凰古城而去。当旅游车走过吉首市矮寨镇境内的特大悬索桥、导游并提醒说这里离凤凰古城不远时，我们才从张家界山顶“白茫茫的一片”的沮丧神情中缓过来。

入住古城沱江边后，我们便急不可待地往江边走去。清澈的江水，从拦河坝上哗哗地流淌而过。两岸鳞次栉比的商铺、楼房，勾勒出这座古城明清建筑鲜明的特色。沿着曲曲弯弯的石板路，走过浮桥，再从古城门转入一条古巷，便是作家、历史学家、考古学家沈从文的故居了。

且不说先生留下的500万字的著作文章，也不说其作品被译成日本、美国、前苏联等40多个国家的文字出版，更不说他两度被提名为诺贝尔文学奖候选人，其坎坷的一生，其传奇的经历，其凄美的爱情故事，足以给这座古城增添无穷的思想内涵。

一个只有小学文化程度，甚至不懂用标点符号的湘西穷小子，到后来成了蜚声海内外的学者。其间，他曾参加过湘西靖国联军，后脱下军装来到北京。因文化程度低且无任何经济收入（看来他曾为贵州提督的爷爷并未富及三代），他只能在北京大学旁听。其后一段时期，他在文坛、出版界苦苦挣扎，出现了创作高峰。1948年，他曾受到左翼文化界猛烈的批判。1949年，他甚至承受不了政治压力而自杀（被抢救）。“文革”期间，他又被发配到“五七干校”。从1917年参军到1988年去世，这位湘西名人有思想、有影响、有尊严地留下了70余年深深浅浅的脚印。

先生与张兆和的爱情故事，既浪漫，也感人，更凄美。这是一个才子佳人的故事，当然也是一本酸甜苦辣的书。同时，它或许是千千万万个婚姻的写照。为了追求张兆和，先生傻到“我日里望着，晚上做梦，总梦到生着翅膀，向上飞举。向上飞去，便看到许多星子，都成为你的眼睛了”。他甚至自卑得“许我在梦里，用嘴吻你的脚”。诚如先生所言：“我一辈子走过许多地方的路，行过许多地方的桥，看过许多次数的云，喝过许多种类的酒，却只爱过一个正当最好年龄的人。”

不过，我们从有关史料中得知，如此轰轰烈烈的爱情结果，其甜美的婚姻没过几年就已经变得与凡夫俗子无异了。北平沦陷时，她不愿与先生一起逃离，理由是要照顾孩子，他则说她如有相好离开他、他也不会责怪她。而在此之前的在名噪一时的林徽因的“太太客厅”事件中，沈从文也是常客之一。先生也曾因熊希龄家庭教师高青子而“灵魂出轨”，而这却深深伤害了张兆和。

新中国成立后，张兆和一味责怪先生不积极向上，不向新中国靠拢，致使夫妻分居、先生只好啃着冷馒头、吃着冷菜过着日子……可以看出，先生与张兆和的婚姻，明显存在着无可厚非的瑕疵与杂质。

后来有文章介绍他们之间的爱情时，用“一生只爱一人”作为标题，那就是见仁见智的问题了。如今，斯人已去，矗立在古城中营街于1866年兴建的老宅前，依然人流如织。先生的皇皇巨著，也成为这座古城永远得以向世人炫耀而永不枯竭的精神食粮了。

在古城，第二个值得一说的人物非黄永玉莫属。

这位自称为湘西老刁民的“怪人”，其特立独行、敢怒敢言的性格，其宁为玉碎、不求瓦全的精神，为中国近现代知识分子的政治生态，留下了一抹难得一见的绿茵和敢于直视现实的良心。

按旅程安排，我们没有前往位于城东回龙阁的黄永玉画室，而是从沱江泛舟处搭船，在江西会馆里参观了黄永玉作品展。被誉为一代“鬼才”的他，设计的猴票和酒鬼酒包装家喻户晓。他的《永玉六记》《醉八仙》《吴世茫论坛》等书，也都林林总总地陈列在各大书架上，他甚至荣获过意大利国家勋章，在海内外享誉甚高。

然而，才情是一回事，命运又是一回事。20世纪“四清”时，他写了《罐斋杂技》的文章，被上纲到“恶毒攻击社会主义”。他的“拉磨的驴子：咱这种日行千里可也不易呀！”当时被批判为讽刺“大跃进”，攻击“三面红旗”。后来，他白天半天挨批斗，晚上回到家，就半夜三更偷偷画画，妻子在一边替他把窗帘拉上。有时一画就是一通宵。一听到外面有响声，妻子马上要他将东西收起来，不敢再画了。

后来，黄永玉一家人被赶进一间狭小的房子。这对信奉“自由和创作比什么都重要”的文人来说，是何等痛苦的事。“文革”中，他被关进了“牛棚”……

导游小姐向我们介绍说，古城人民忘不了黄永玉先生这些年对家乡所做的非凡贡献。是他打造了凤凰这张名片，是他为古城注入了文化营养，是他让默默无闻的湘西小城成为闻名遐迩的旅游名城。黄先生始终认为，故乡是一个人感情的摇篮，是自己的被窝。诚如他在一首诗中写道：“我的心，只有我的心，亲爱的故乡，它是你的……”

凤凰出名后，给古城人民带来莫大的好处。一些精明的商人也从中看到商机，于是承包景点打包出售，此举也曾在社会上带来种种非议。不过，沱江日夜如斯，客人纷至沓来。

现在旅游，有些客人往往是重景点、轻人文。很遗憾，这一次我们也只能从坐落在古城道门口的陈宝箴百年老宅前匆匆而过。此文不表清末著名的维新派骨干、被光绪帝说成为“新政重臣”的改革者陈宝箴，也不说晚清著名诗人、卢沟桥事变后拒绝与日本人合作绝食而亡的陈三立，单表陈家孙子辈、一位为广东人所熟识、学贯东西的大学问家——陈寅恪。

陈先生学富五车，才高八斗。梁启超先生这样说：“我梁某算是著作等身了，但总共著作还不如陈先生寥寥数百字有价值！”傅斯年则评价“陈先生的学问，近三百年来一人而已”。而胡适更称：“寅恪治史学，当然今日最渊博、最有识见、最能用材料的人。”

我们不说冠在先生头上“中国现代历史学家、古典文学研究家、语言学家”的头衔，仅凭他在民国初年提出的“独立之精神，自由之思想”的学术精神与价值取向，就已经被无数知识分子奉为毕生践行的“圣典”了。

遗憾的是，这位被英国牛津大学授予“英国皇家研究院研究员”称号的学者，十年动乱期间同样遭到残酷折磨。使他最伤心的是，他珍藏多年的大量书籍、诗文稿，多被洗劫。先生遗憾地于 1969 年在广州离开人世，次月其夫人辞世。让人心寒的是，其夫妇去世后，因“文革”问题一直未能真正平反，各地政府不愿接受陈寅恪先生的遗骨。直到 1993 年他才与夫人合葬于江西庐山植物园。入葬日，天空放晴，竟显日晕。如今，先生墓地已成景点。由著名画家黄永玉镌刻先生终生恪守的“独立之精神，自由之思想”的大石，冷峻地屹立在这位生不逢时的才子坟前，看世道花开花落，观世事云卷云舒。

别了！美丽的凤凰风雨边城；

别了！沱江边上小巧的吊脚楼；

别了！古城中那一座座沧桑的老城堡。

只有那飘荡在古城石板街上的有棱有角的魂灵，久久地在胸中回荡着，摇曳着……

（2014 年 12 月 12 日写于深圳水贝）

大别情韵

那天抵达大别山腹地时，已夜阑人静。咫尺之外，只见黑魆魆的一片，远山近岫无不笼罩在深不可测的夜幕里。因大别山位于湖北、安徽、河南三省交界处，确切地说这里所指的大别山腹地，是大别山第二主峰大同尖所在的湖北省黄冈地区英山县。

曾有记载，唐代李白来过此山，并留下“山之南山花烂漫，山之北白雪皑皑，此山大别于他山也！”的诗句，大别山故名。至于大别山源自“大鳖山”之说，让人有些纳闷儿。因在古老的年代，谁能从三省的上空看出鳖头、鳖尾和鳖背的坐像。不知民间此种传说，有何根据？

以往自己对大别山的理解，更多的是停留在“刘邓大军挺进大别山”这样一个泛泛的层面上。深入其中，方知自己的浅薄和无知。

从导游员娓娓而深情的讲解中，从英山烈士纪念馆陈列的红军战士用过的大刀、土枪、土铳等展品里，从直插云天的烈士纪念碑下红二十七军

在英山组建、红二十五军战斗在大别山以及刘邓大军挺进大别山的浮雕上，你就可以了解到，中国的近代史曾在这块“血染红土三尺深”的红色土地上，演绎着怎样的惊天地、泣鬼神的故事。

另从史料中得知，1947 年 8 月，毛泽东派遣刘伯承和邓小平率领晋冀鲁豫野战军主力，组成战略突击队南下。此时，蒋介石错误地认为刘伯承、邓小平所部是“北渡不成而南窜”，企图围歼刘邓大军于黄泛区。这时刘邓果断做出决策，抛弃所有重型武器装备，自断后路，全速前进。当刘邓大军胜利通过黄泛区时，蒋介石才突然意识到，刘邓大军是针对大别山有备而来。于是，蒋介石迅速集结大批军队围追堵截，但为时已晚，从 24 日夜至 27 日，刘邓大军已全部渡过淮河，隐身于大别山了。

历史就是这样，成败往往都在倏忽之间已然定局。

今天，我们站在杲杲的秋阳下，肃穆地伫立在巍峨的纪念碑前，面对着这个仅有 21 万人口的小县、从 1930 年到 1949 年间，就有 10 多万人参军参战、牺牲者逾两万之众的惨烈事实，你或许可以理解了共和国的国旗为什么是红色的。

这是一块鲜血染红的红土地，这是一个盛产共和国将军的摇篮，这也是一个产生过两位国家主席的地方。烈士们的鲜血，换来了无数的顶戴花翎和金灿灿的勋章。可当你看到英山县城内的烈士陵园被不断地挤占、侵蚀的情景，多少会让人慨叹。

按理说，陵园本是一个庄严肃穆之地。但随着人口的发展，陵园前面的河流被填埋，四周的房屋拔地而起，生者与逝者毗邻而居。一小段修建在山腰的“红军小道”，显然失去了当年“送郎当红军”那种豪迈与壮阔。陵园门口乱哄哄的市场，想必会惊醒那些为了新中国而抛头颅、洒热血的地下英灵。陵园内，红军歌曲，革命歌曲，还有《大海航行靠舵手》等“文革”歌曲，此起彼伏，久久地在陵园内回荡着，让人五味杂陈。

在大别山的几天时间里，我们的心情似乎笼罩在一种难以言喻的郁闷中。因为总体的感觉是，这个革命老区的经济还是相对地落后。

“兴，百姓苦。亡，百姓苦。”千百年来，大别山这块贫瘠的土地，带给这里的人们是一代又一代的贫穷与落后。一遇荒年，逃荒，流浪，世代相袭。即使在改革开放后的今天，这里依然是男人外出打工居多，女人们在家孤守空房。这种状况，直到近些年山里建起山庄后才有所改观。

由于世代贫穷，这里的山民常年外出逃荒。而山民们没有文化，又没有其他谋生的本事，只好靠唱当地的山歌去乞讨，用那哀怨、悠扬的歌声去打动人家。如遇荒情严重，他们便成群结队地逃荒到安徽，主要集中在安庆地区。于是乎，幽怨的大别山民歌在安庆那里愈传愈盛。渐渐地，闻名遐迩的黄梅戏诞生了。我们无法考证英山民歌就是黄梅戏的鼻祖，但在公布的第二批国家非物质文化遗产名单上，我们看到入列其中的“大别山民歌”，其申报单位不是湖北的英山，而是安徽的六安。另外听导游说，著名的安徽“六安瓜片”茶叶，许多也来自英山。这些，我们不得而知。但英山遍地的茶园，却是不争的事实。

城头早已变换了大王旗，历史也匆匆走过了六十多年。难道是大别山的贫瘠，是造成这里世代穷困的原因？难道真的是革命者成功后坐上北京城的金銮殿，把这块牺牲几万英灵的老区、苏区给忘却了？

通过几天的实地观察以及听了介绍，其实我们觉得大别山的资源优势相当明显，物产丰富得难以想象，仅大别山的药材就数不胜数。可受制于知识、视野、信息、市场诸多因素，山民们知之甚少。据说北京一家著名药厂一直在大别山设有药材收购点，当他们以每斤 2000 余元的价格收购大别山灵芝孢子粉时，山里人高兴得以为遇到慈悲为怀的菩萨观音了。可当他们得知他们的孢子粉在市场上卖到一万多块钱一斤时，心里顿时有种被欺骗的感觉。

在大别山的几天，我们住在充满国学氛围的四合院——神峰山庄。而山庄的当家人闻总，是英山当地人。每每听到员工对他众口一词的赞叹，了解到这位在北京有家室、有事业的英山后代回乡艰苦创业的事迹，看到这位身价不菲的老板黝黑的脸庞和所剩不多的头发，多少让人敬佩。

闻总向我们介绍说，过去英山当地人都是男人外出挣钱，女人在家守空房。当他从北京回来创业，招收了一批当地的女子进行培训时，遇到的阻力何等之大。他说，这些参加培训的家庭中，家公反对的有，丈夫围堵的有，甚至连他的家人也都不理解。但经过他几年锲而不舍的努力，山里的女子终于走出了家门，走向了社会，并学会了一技之长，同时也能挣钱活过日子了……

所以说，“治贫先治愚”永远是一个重要的话题。

这些天，充满青春活力、面貌姣好的朱姓姑娘一直陪同着大家，可她说她是计划生育政策“铡刀”下幸存下来的人，直让我们内心打了寒战——

原来，在她前面已有一位哥哥，但她父母希望再要一个女孩。于是，直到她母亲怀孕七个月后终被发现，只好面临被流产的命运。在去医院引流前，一辈子养育了三个男孩的她奶奶悄悄对她父亲说，若是个女孩就要把她抱回来。当她血肉模糊地从母亲子宫里被挤出来后，她父亲一摸还有呼吸。于是，便偷偷把她抱回家了。就这样，一个面临被扼杀的生灵，却在高压政策下侥幸地活了下来。

看着如今这样一位俊秀的姑娘，联想到人流的药物、器械和那团血肉模糊的小生命，再看看计划生育带来这样那样的社会问题，真让人对这项不近乎人性、却又不得不执行的“国策”，不敢过多恭维。

人是一个奇怪的动物。纵使你对现实显得冷漠，纵然觉得自己位卑，但当你来到大别山后，或许你的灵魂将会得到洗礼，或许你的心灵将会得到震撼。

大别山！有机会我会再来的。

（2015 年 10 月 2 日写于深圳太白居）

再见了，令人生畏的霸州火车站

2013年，四月春风小麦黄，正是春深似海时。这天傍晚，参加完第二届全国老年人体育健身大会门球交流活动后，我们一行人从河北廊坊来到霸州火车站准备搭车南下。

本来是午夜的火车，我们可以在廊坊住处料理清楚后再从容出发的。可当地旅行社的司机紧赶慢赶地把我们送到了火车站，而且在离候车厅还有一段路程的地方把我们撂下就走了。我们只好拖着大包、拎着小包，吃力地向着远处的车站候车厅走去。

到了车站跟前，眼前的场景让大家深感意外：黑沉沉的夜空里，“霸州站”的站牌显得影影绰绰的，根本无法看清。紧靠车站的一段路面，已经坑坑洼洼、残破不堪，车辆不得不拐上人行道。再看看车站四周，遍地是垃圾、杂物，它们在风力的作用下四处飞扬着……

好不容易，我们上到了二楼候车厅，候车厅里挤满了争抢上车和横七竖八躺在地上的乘客。或许是为了“节能”，大厅里只亮着一边的顶灯，整个大厅显得昏暗无比。几把破旧的吊扇有气无力地摇晃着，汗酸味、脚臭味、废气味，充斥着整个候车厅。放完东西后，我们不得不分批次到楼下的室外透透气。

由于天热，加上匆匆赶路，大家口干舌燥，幸好在车站小卖店旁有开水供应。可到跟前，却让人啼笑皆非。因为水龙头下面专门安了一个特制的障碍物，使得它与水龙头出水口只有窄窄的距离，一般的口杯无法直接装水，只能用杯盖一点一点地往杯里头装。此时，恰好有一服务员打此经过，问及为什么要这样时，她也斜着眼根本不搭理你。

最要紧的事情还在后头——偌大一个公共场所竟无卫生间。通过打听，我们了解到在候车厅外面百米处有一个车站招待所，招待所旁有一个收费厕所。可 10 点钟一过，管厕所的人下班了。于是乎，那些看起来绅士模样的男人们，顾不得那么多就在广场边的林子里“作业”了。而那些比较羞涩的女人们，则跑到车站路基下面“方便”了起来。怎奈车灯来回晃动，那些白花花的屁股在夜空下不时地反射出一束束白光……

终于熬到列车进站了。猛然间，看到检票口一侧墙上挂有一条非常醒目的标语——“把人民群众满意作为孜孜不倦的追求。”

列车缓缓开动了，可我们的心情怎么也平复不下来：霸州——这个距共和国首都仅一箭之遥的火车站，究竟怎么啦？！

（2013 年 6 月 3 日写于深圳水贝）